오디세이아 II

The Odyssey

004 · 2/4

fly over an apartment with silver wings

오디세이아 II

The Odyssey

호메로스 지음

제미나이 · S 편역

북두(더)

서문

버틀러의 ≪오디세이아≫ 번역본은 원래 1900년에, ≪오디세이아의 여성 저자≫는 1897년에 출판되었다. 이 번역본의 새 판과 동시에 출판되는 ≪여성 저자≫의 새 판 서문에서 저는 두 책의 탄생 배경에 대해 일부 설명했다.

원래의 페이지 크기는 버틀러의 다른 작품들과 통일되도록 줄였고, 다행히도 더 작은 활자체를 사용하여 각 페이지에 같은 수의 단어를 넣을 수 있었다. 따라서 참조는 그대로 유지되었으며, 몇 가지 작은 변경 사항과 재배열을 제외하고는 새 판들은 초판의 충실한 재인쇄본이다. 오타와 명백한 오류들만 수정되었고, 편집하거나 최신화하려는 시도는 없었다.
(a) 색인이 수정되었다.
(b) 페이지 크기 축소 때문에 일부 머리말을 줄여야 했으며, 이때 버틀러가 그의 개인 소장본에 직접 수정하고 추가했던 머리말과 옆 주석들을 활용했다.
(c) 삽화는 대부분 한 페이지를 차지하게 되었는데, 원래 판에서는 보통 한 페이지에 두 개씩 실렸다.

오디세우스의 집 평면도는 축소해야 했다.

≪여성 저자≫ 153페이지에서 버틀러는 이렇게 말한다. "어떤 위대한 시인도 그의 영웅을 불 앞에서 요리되는 피와 지방으로 가득 찬 창자에 비유하지 않을 것이다 (20권 24~28행)." 이 구절은 책 앞부분의 요약된 ≪오디세이아≫ 이야기에는 나오지 않지만, 번역본에는 다음과 같은 문구로 등장한다.

"이렇게 그는 자신의 마음을 꾸짖고 인내하도록 억제했지만, 뜨거운 불 앞에서 피와 지방으로 가득 찬 창자를 이쪽저쪽으로 뒤집어 가며 가능한 한 빨리 익히려는 사람처럼 몸부림쳤습니다. 그처럼 그는 몸을 이리저리 뒤척이며 혼자서 그 많은 악당인 구혼자들을 어떻게 죽일지 생각하고 있었습니다."

≪여성 저자≫(1897년)와 번역본(1900년) 출판 사이에 버틀러가 마음을 바꾼 것처럼 보인다. 왜냐하면 첫 번째 경우에는 오디세우스를 창자 그 자체에 비유했지만, 두 번째 경우에서는 오디세우스를 창자를 요리하는 사람에 비유했기 때문이다. 두 번째 비유는 아마도 위대한 시인이 할 만한 비유일 것이다.

이 작품들의 인쇄를 책임지는 동안 나는 케임브리지

대학교 도서관의 A. T. 바르톨로뮤 씨와 케임브리지 트리니티 칼리지의 도널드 S. 로버트슨 씨의 귀중한 도움을 받았다. 이 두 친구의 보살핌과 기술에 진심으로 감사드린다. 로버트슨 씨는 ≪일리아스≫와 ≪오디세이아≫의 모든 인용문과 참조를 확인하고 수정하는 수고를 아끼지 않았으며, 그보다 더 잘 해낼 수는 없었을 것이라 믿는다. 나는 그에게 그것이 즐거움이었음을 안다. 그리고 R. 헨리 로버트슨 씨의 아들인 그가 반세기 전에 스트리덤 거리(Streatham Street)의 캐리 미술 학교(Cary's School of Art)에서 버틀러와 함께 공부했던 옛 친구였다는 것을 버틀러가 알았다면, 그의 작품이 그렇게 잘 관리되는 것을 기뻐했을 것이다.

헨리 페스팅 존스. 120 MAIDA VALE, W.9.

1921년 12월 4일

차례

6

오디세우스, 나우시카를 만나다

오디세우스는 잠과 노고에 시달리다 깊이 잠들었다. 그러나 아테나는 페아키아인들의 나라로 떠났다. 그들은 한때 무법적인 키클롭스들 근처의 아름다운 휘페레이아 마을에 살던 민족이었다. 키클롭스들은 그들보다 강했고 그들을 약탈했으므로, 그들의 왕 나우시토우스는 그들을 그곳에서 옮겨 모든 다른 사람들과 멀리 떨어진 스케리아에 정착시켰다. 그는 도시를 성벽으로 둘러싸고, 집들과 신전들을 짓고, 그의 백성들 사이에 땅들을 나누었다. 그러나 그는 죽어 하데스의 집으로 갔고, 그의 조언들이 하늘로부터 영감을 받은 알키노우스 왕이 이제 통치하고 있었다. 그리하여 아테나는 오디세우스의 귀환을 돕기 위해 그의 집으로 서둘러 갔다.

그녀는 곧장 아름답게 꾸며진 침실로 들어갔는데, 그곳에는 여신처럼 사랑스러운 나우시카라는 소녀가 잠들어 있었다. 그녀는 알키노우스 왕의 딸이었다. 두 명의 시녀들이 그녀 가까이에서 잠자고 있었는데, 둘 다 매우 아름다웠고 정교하게 만들어진 접이식 문으로 닫힌 출입구 양편에 하나씩 누워 있었다. 아테나는 유명한 바다 선장 뒤마스의 딸의 모습을 취했는데,

그녀는 나우시카의 절친한 친구이자 동갑내기였다. 그런 다음 바람 한숨처럼 소녀의 침상결으로 다가가, 그녀의 머리 위를 맴돌며 말했다.

"나우시카, 네 어머니는 이렇게 게으른 딸을 두고 무엇을 하고 계시니? 여기 네 옷들이 모두 무질서하게 놓여 있구나. 너는 머지않아 결혼하게 될 것이고, 그러니 너 자신을 단정히 꾸며야 할 뿐 아니라 너를 돌보는 이들을 위해서도 좋은 옷들을 마련해야 해. 이것이 네 명성을 드높이고, 네 아버지와 어머니가 너를 자랑스럽게 여기게 하는 길이란다. 그러니 내일을 세탁하는 날로 정하고, 동틀 무렵 출발하자. 내가 와서 모든 것을 가능한 한 빨리 준비하도록 도와줄게. 네 백성들 가운데 가장 훌륭한 젊은이들이 너에게 구애하고 있고,

너는 더 이상 처녀로만 남아 있지 않을 테니까. 그러니 동틀 무렵 네 아버지께 우리를 위해 수레와 노새를 마련해 달라고 부탁하렴. 양탄자와 로브, 허리띠들을 실을 수 있도록 말이야. 너도 수레를 타면 좋겠지. 걷는 것보다 훨씬 즐거울 거야. 빨래 물통들은 도시에서 조금 떨어져 있거든."

그녀가 이 말을 마치자, 아테나는 올림푸스로 떠났다. 그곳은 그들이 말하길 신들의 영원한 거처였다. 그곳에는 어떤 바람도 거칠게 불지 않고, 비나 눈도 내리지 않는다. 대신 영원한 햇살이 비치고, 복된 신들이 끝없이 잠겨 있는 크고 평화로운 빛이 가득하다. 이것이 여신이 소녀에게 지시를 내린 뒤 향한 곳이었다.

이윽고 아침이 와서 나우시카를 깨웠고, 그녀는 그녀의 꿈에 대해 궁금해졌다. 그래서 그녀는 집의 다른 쪽 끝으로 가서 그녀의 아버지와 어머니에게 그 모든 이야기를 전했는데, 그들은 각자의 방에 있었다. 그녀의 어머니는 그녀의 하녀들을 주위에 두고 벽난로 옆에 앉아 그녀의 자주색 실을 잣고 있었고, 그녀는 그녀의 아버지가 읍 회의에 참석하러 막 나가려던 참에 그를 붙잡았다. 페아키아인의 참사들이 소집했던 회의였다. 그녀는 그를 멈춰 세우고 말했다.

"아버지, 우리에게 크고 좋은 수레 하나를 마련해 주실 수 있나요? 더러운 옷들을 모두 강으로 가져가서 빨고 싶어요. 아버지는 이곳에서 가장 중요한 분이시니, 의회 회의에 참석할 때 깨끗한 셔츠를 입으시는 게 마땅합니다. 게다가 집에 아들 다섯 명이 있는데, 그들 중 두 명은 결혼했고, 나머지 세 명은 잘생긴 총각들입니다.

아버지도 알다시피, 그들은 춤을 추러 갈 때 항상 깨끗한 리넨 옷을 입고 싶어 합니다. 그래서 저는 이 모든 것에 대해 생각해 본 거예요."

그녀는 자신의 결혼에 대해서는 한 마디도 하지 않았다. 왜냐하면 그녀는 그렇게 하고 싶지 않았기 때문이다. 그러나 그녀의 아버지는 알고 있었고 말했다.

"사랑하는 딸아, 노새들과 네가 원한다면 그밖의 무엇이든 갖게 하마. 가거라. 그러면 하인들이 너의 모든 옷들을 실을 수 있는 몸통이 달린 튼튼하고 좋은 수레를 가져다줄 것이다."

그는 이렇게 말하며 하인들에게 그의 명령을 내렸고, 그들은 수레를 밖으로 가져와 노새들에게 멍에를 씌우고 그것들을 연결했다. 한편 그 소녀는 옷들을 리넨 방에서 가져와 수레 위에 올려 놓았다.

그녀의 어머니는 온갖 종류의 좋은 것들이 담긴 식량 바구니와 와인이 가득 찬 염소 가죽 부대를 준비했다. 그 소녀는 이제 수레에 올랐고, 그녀의 어머니는 그녀와 시녀들이 몸에 바를 수 있도록 황금 기름병 하나도 건네 주었다. 그런 다음 그녀는 채찍과 고삐들을 잡고 노새들을 몰았고, 그들은 길 위에서 발굽을 덜컹거리며 출발했다. 그들은 지치지 않고 수레를 끌었고, 나우시카와 그녀의 빨래 옷들뿐만 아니라 그녀와 함께 있었던 시녀들까지 실어 날랐다.

그들이 물가에 도착했을 때, 그들은 세탁 물통들로 갔는데, 그곳에는 아무리 더럽더라도 어떤 양의 리넨 옷이든 빨기에 충분한 깨끗한 물이 항상 흘러나왔다. 그곳에서 그들은 노새들의 멍에를 풀고, 그들을 물가 옆에서 자라는 달콤하고 즙이 많은 풀을 뜯게 했다. 그들은 옷들을 수레에서 꺼내 물속에 넣고, 더러움을 빼기 위해 물통들 안에서 그것들을 밟으며 서로 경쟁했다. 그들이 옷들을 빨고 완전히 깨끗하게 한 후에, 바닷가 옆에서 파도가 높게 자갈 해변을 이루는 곳에 펼쳐놓았다. 그들은 몸을 씻고 올리브 기름을 발랐으며, 그런 다음 그들은 시냇물 옆에서 식사를 하고 태양이 옷들을 말려주기를 기다렸다. 그들이 저녁 식사를 마쳤을 때, 그들은 그들의 머리를 덮었던 베일들을 벗고 공놀이를 시작했고, 나우시카가 그들을 위해 노래했다. 사냥꾼 아르테미스가 멧돼지나 사슴을 사냥하기 위해 타위게토스나 에뤼만토스 산들 위로 나아갈 때, 그리고 아이기스를 지닌 제우스의 딸들인 숲의 님프들이 그녀와 함께 놀이를 즐길 때처럼, 소녀는 시녀들 가운데서도 단연 빼어났다.

그들이 집으로 돌아갈 시간이 되었을 때, 그리고 그들이 옷들을 접고 수레에 넣고 있었을 때, 아테나는 오디세우스를 깨워 그를 페아키아인들의 도시로 인도할 그 아름다운 소녀를 보게 할 방법을 궁리하기 시작했다. 따라서 그 소녀는 시녀들 중 한 명에게 공을 던졌는데, 그것이 빗나가 깊은 물속으로 떨어졌다. 이에 모두가 소리쳤고, 그 소음에 오디세우스가 깨어났다. 그는 잎사귀 침대에서 앉아 무슨 일인지 헤아렸다.

"아아," 그는 혼잣말했다. "나는 지금 어떤 부류의 사람들 사이에 와 있는 것인가? 그들은 잔인하고 야만적이며 문명화되지 않은 이들인가, 아니면 환대하고 인간적인 사람들인가? 젊은 여자들의 목소리가 들리는 듯하다. 그것들은 산꼭대기나 강의 샘 또는 푸른 풀밭의 초원에 자주 나타나는 님프들의 음성처럼 들린다. 어찌 되었든 이곳에는 남녀가 사는 종족이 있는 것이 분명하니, 어떻게든 그들을 볼 수 있는지 살펴보아야겠다."

그가 이렇게 말했을 때, 그는 그의 덤불 아래에서 기어 나왔고, 그의 벌거벗음을 숨기기 위해 두꺼운 잎들로 덮인 가지 하나를 꺾었다. 그는 그의 힘을 과시하며 바람과 비에 맞서 주위를 성큼성큼 걷는 황무지의 사자처럼 보였다. 굶주린 채 그의 눈들은 그가 황소들이나 양들 혹은 사슴을 찾아 헤메는 동안 으르렁거렸다. 양들에게 닿기 위해서라면 단단히 울타리 친 집안으로조차 감히 들어갈 기세였다. 그렇게 오디세우스는 젊은 여자들 앞에 모습을 드러냈다. 그는 벌거벗은 채로 그들에게 가까이 다가왔으니, 그는 극심한 궁핍함 속에 있었기 때문이다. 그렇게 헝클어지고 바닷물로 얼룩진 그의 모습을 보고, 다른 사람들은 바다로 튀어나온 모래톱들을 따라 빠르게 달아났지만, 알키노우스의 딸만은 굳건히 서 있었다. 왜냐하면 아테나가 그녀의 심장에 용기를 불어넣고, 그녀에게서 모든 두려움을 빼앗았기 때문이다. 그녀는 오디세우스의 바로 앞에 섰고, 그는 그녀에게 다가가 발치에 몸을 던져 간청자의 몸짓으로 그녀의 무릎을 껴안아야 할지 혹은 그가 있던 곳에 머물러 그에게 어떤 옷들을 주고 그에게 도시로 가는 길을 보여달라고 그녀에게 간청해야 할지 망설였다. 결국 그는 소녀가 그녀의 무릎들을 껴안을 만큼 충분히 가까이 가는 것에 불쾌하게 여길지도 모른다고 생각해, 멀리서 그녀에게 간청하는 편이 낫다고 판단했다. 그래서 그는 달콤하고 설득력 있는 말로 그녀에게 말을 건넸다.

"오 여왕이여," 그가 말했다. "저는 당신의 자비를 간청합니다. 그러나 먼저 저에게 말해주십시오, 당신은 여신입니까, 아니면 필멸의 여인입니까? 만약 당신이 여신이고 하늘에 거주한다면, 저는 당신이 제우스의 딸 아르테미스라고 추측할 수밖에 없습니다. 왜냐하면 당신의 얼굴과 모습은 그녀 외에는 아무와도 닮지 않았기 때문입니다. 반면에 만약 당신이 필멸의 존재이고 이 땅에 산다면, 당신의 아버지와 어머니는 세 번이나 행복할 것입니다. 당신의 형제들과 자매들도 세 번이나 기뻐할 것이고, 당신처럼 그토록 아름다운 후손이 춤을 추러 가는 것을 볼 때, 그들은 얼마나 자랑스럽고 기뻐할 것입니까? 그러나 모든 사람들 가운데서도 가장 행복한 이는, 가장 풍성한 혼례 예물을 갖추고 당신을 자기 집으로 데려가는 그 사람일 것입니다. 저는 아직까지 당신만큼 아름다운 사람을 남자든, 여자든 본 적이 없습니다. 그리고 당신을 볼 때 감탄 속에 길을 잃고 맙니다. 저는 당신을 제가 델로스에 있었을 때 아폴론의 제단 근처에서 자라는 것을 보았던 어린 야자나무에 비유하지 않을 수 없습니다. 저는 감히 당신의 무릎들을 껴안지 못하지만, 저는 큰 고통 속에 있습니다. 어제는 제가 바다 위로 던져진 지 스무 번째 날이었습니다. 바람과 파도들이 저를 오기기아 섬에서부터 내내 데려왔고, 이제 운명이 저에게 더 이상의 고통을 견디도록 이 해안 위로 저를 내던졌습니다. 저는 아직 고통의 끝에 왔다고 생각하지 않고, 오히려 하늘이 아직 저를 위해 많은 재앙을 준비하고 있다고 생각하기 때문입니다. 그리고 이제, 오 여왕이여, 저를 가엾이 여겨주십시오. 왜냐하면 당신은 제가 만난 첫 번째 사람이고, 저는 이 나라에서 다른 어떤 사람도 알지 못하니까요. 저에게 당신의 도시로 가는 길을 보여주시고, 당신이 옷들을 감싸기 위해 여기에 가져온 어떤 것이든 저에게 주십시오. 하늘이 당신의 마음이 바라는 모든 것을 허락하시기를 빕니다. 남편, 집 그리고 행복하고 평화로운 가정을. 왜냐하면 이 세상에서 남편과 아내가 한 집에서 한마음이 되는 것보다 더 나은 것은 아무것도 없기 때문입니다. 그것은 그들의 적들에게 혼란을 주고, 그들의 친구들의 마음을 기쁘게 하며, 무엇보다도 그들 자신이 가장 깊이 그 가치를 알게 됩니다."

이에 대해 나우시카가 대답했다.

"이방인이여, 당신은 분별 있고 선한 마음을 가진 사람처럼 보입니다. 운명은 헤아릴 수 없는 것입니다. 제우스는 그가 원할 때 부자나 가난한 사람에게 번영을 내립니다. 그래서 당신은 그가 당신에게 보내기로 정한 것을 받아들이고, 그것을 최선으로 활용해야 합니다. 그러나 이제 당신이 우리의 나라에 왔으니, 당신은 옷이나 고통 속에 있는 이방인이 합리적으로 바랄 수 있는 다른 어떤 것이든 부족하지 않을 것입니다. 저는 당신에게 도시로 가는 길을 알려드리고, 우리의 백성들의 이름을 말해 드리겠습니다. 우리는 페아키아인들이라고 불리고, 저는 국가의 모든 권력을 가진 알키노우스의 딸입니다."

그런 다음 그녀는 시녀들을 부르고 말했다.

"애들아, 너희가 있는 곳에 머물러라. 너희는 어떤 사람도 그로부터 달아나지 않고는 볼 수 없는가? 너희는 그를 강도나 살인자로 여기느냐? 이 사람은 우리 페아키아인들에게 어떤 해를 끼치기 위해 여기에 올 수 없다. 우리는 신들에게 사랑받는 민족이며, 울부짖는 바다 끝의 땅에 따로 떨어져 살아 다른 사람들과는 거의 왕래가 없다. 이 사람은 단지 그의 길을 잃은 불쌍한 나그네일 뿐이고, 우리는 그에게 친절해야 한다. 왜냐하면 고통 속에 있는 이방인들과 나그네는 제우스의 보호 아래 있고, 그들은 자신이 얻을 수 있는 것을 취하고 감사할 것이기 때문이다. 불쌍한 이를 위해 먹고 마실 것을 주고, 바람으로부터 피할 수 있는 곳에서 시냇물에 그를 씻게 해라."

이것에 시녀들은 달아나는 것을 멈추고 서로를

다시 부르기 시작했다. 그들은 나우시카가 그들에게 말했듯이 오디세우스를 그 보호처에 앉게 했고, 그에게 셔츠와 망토를 가져왔다. 그들은 또한 그에게 작은 황금 기름병을 가져왔고, 그에게 가서 시냇물에서 씻으라고 말했다. 그러나 오디세우스가 말했다.

"젊은 여인들이여, 제가 어깨에 밴 바닷물을 씻고 기름을 바를 수 있도록 조금 옆으로 서 있어 주십시오. 왜냐하면 저의 피부는 기름 한 방울이 떨어진 지 오래되었기 때문입니다. 당신들 모두가 거기에 서 있는 동안 저는 씻을 수 없습니다. 저는 많은 아름다운 젊은 여인들 앞에서 옷을 벗는 것이 부끄럽습니다."

그런 다음 그들은 옆으로 섰고, 소녀에게 말하러 갔다. 그동안 오디세우스는 시냇물에서 몸을 씻고,

그의 등과 넓은 어깨에 밴 소금을 문질러 씻었다. 그가 완전히 씻고 머리카락의 염분까지 제거한 뒤, 그는 몸에 기름을 바르고, 그 소녀가 그에게 준 옷들을 입었다. 아테나는 그런 다음 그를 이전보다 더 키가 크고 더 강하게 보이게 했고, 그녀는 또한 그의 머리 꼭대기에 머리카락이 두껍게 자라게 하고, 히아신스 꽃들처럼 곱슬거리며 아래로 흘러내리게 했다. 그녀는 그를 머리와 어깨 주위로 영광을 입혔는데, 마치 헤파이스토스과 아테나 아래에서 모든 종류의 예술을 연구했던 숙련된 장인이 한 조각의 은 접시를 금도금으로 풍요롭게 하듯이 말이다. 그런 다음 그는 가서 해변 위 약간 떨어진 곳에 앉았는데, 아주 젊고 잘생겨 보였고, 그 소녀는 그를 감탄하며 응시했다. 그런 다음 그녀는 시녀들에게 말했다.

"조용히 해라, 사랑하는 아이들아. 왜냐하면 나는 할 말이 있거든. 나는 하늘에 사는 신들이 이 남자를 페아키아인들에게 보냈다고 믿어. 내가 처음 그를 보았을 때, 나는 그가 평범하다고 생각했지만, 이제 그의 외모는 하늘에 거주하는 신들의 그것과 같아. 나는 나의 미래의 남편이 그가 여기에 머물고 싶어 하고 떠나고 싶어 하지 않는다면 바로 그와 같은 사람이었으면 좋겠어. 완내스! 어쨌든 그에게 먹고 마실 것을 주어라."

그들은 말한 대로 했고, 오디세우스 앞에 음식을 차려주었다. 그는 게걸스럽게 먹고 마셨으니, 그는 오랫동안 제대로 된 음식을 먹지 못했기 때문이다. 그동안 나우시카는 다른 문제에 대해 생각했다. 그녀는 리넨 옷들을 접어 수레에 넣었고, 그런 다음 노새들에게 멍에를 씌웠고, 그녀가 그녀의 자리에 앉았을 때, 그녀는 오디세우스를 불렀다.

"이방인이여," 그녀가 말했다. "일어나서 우리 도시로 돌아갑시다. 제가 당신을 저의 훌륭한 아버지의 집에 소개할 것입니다. 거기서 당신은 페아키아인들 중에서 가장 뛰어난 이들을 모두 만나게 될 것이라고 제가 당신에게 말할 수 있습니다. 그러나 제가 당신에게 명령하는 대로 확실히 하십시오. 왜냐하면 당신은 분별있는 사람처럼 보이기 때문입니다. 우리가 들판과 농지를 지나가는 동안, 수레 뒤를 따라 시녀들과 함께 수레 뒤를 따라 활기차게 따라오십시오. 그러면 제가 앞에서 길을 이끌겠습니다. 머지않아 우리는 도시에 도착할 것입니다. 거기서 당신은 그것 주위로 내내 흐르는 높은 성벽을 발견할 것이고, 도시 안으로 좁은 입구를 가진 양쪽에 훌륭한 항구를 발견할 것입니다. 그리고 배들은 길가에 당겨져 있을 것입니다. 왜냐하면 모든 사람이 자신의 배를 둘 자리를 갖고 있기 때문입니다. 당신은 그것의 한가운데에 포세이돈의 신전이 있는 시장을 볼 것이고, 땅에 박힌 큰 돌들로 포장된 것을 볼 것입니다. 여기 사람들은 밧줄들과 돛들과 같은 모든 종류의 배의 장비들을 다룹니다. 그리고 여기 또한 노들이 만들어지는 장소들입니다. 페아키아인들은 궁수의 민족이 아닙니다. 그들은 활과 화살에 대해 모르지만, 바다를 항해하는 사람들이고, 그들의 돛대, 노 그리고 배들에 대해 자부심을 가지고 있습니다. 그것들로 그들은 바다를 건너 멀리 여행합니다. 저는 훗날 제게 쏟아질지도 모를 험담과 비난이 두렵습니다. 이곳 사람들은 매우 심술궂고, 만약 어떤 저속한 사람이 우리를 본다면, '저 잘생긴 이방인은 누구인가? 그가 나우시카와 함께 돌아다니고 있는가? 그를 어디서 데려왔단 말인가? 분명 그녀는 그와 결혼할 것이다. 어쩌면 그는 어떤 외국 배에서 그녀가 데려온 떠돌이 뱃사람일 수도 있습니다. 왜냐하면 우리는 이웃이 없으니까요. 혹은 어떤 신이 마침내 그녀의 기도들에 대한 응답으로 하늘에서 내려왔고, 그녀는 남은 생을 그와 함께 살 것입니다. 만약 그녀가 멀리 데려가 다른 곳에서 남편을 찾는다면 좋은 일일 것입니다. 왜냐하면 그녀는 그녀를 사랑하는 많은 훌륭한 젊은 페아키아인들 중 아무도 보지 않으려 하니까요.' 이런 말들이 퍼질 것이고, 저는 불평할 수 없을 것입니다. 부모가 살아있는 소녀가, 온 세상의 눈앞에서 결혼하지 않았음에도 불구하고 남자들과 함께 돌아다니는 것을 본다면, 저 자신도 비난했을 것이기 때문입니다. 그러므로 만약 당신이 저의 아버지가 당신에게 호위병을 붙여 집으로 보내주기를 원하신다면, 제가 당신에게 명령하는 대로 하십시오. 당신은 길 옆에 아테나에게 바쳐진 아름다운 포플러 숲 하나를 볼 것입니다. 그 안에는 샘물 하나와 그 주위로 온통 초원이 있습니다. 그곳에는 제 아버지가 사람의 목소리가 닿을 만큼 도시로부터 멀리 떨어진 풍요로운 정원 땅을 가지고 있습니다. 거기에 앉아서 잠시 기다리십시오. 우리 나머지 사람들이 도시로 들어가고, 저의 아버지의 집에 도착할 때까지 말입니다. 그런 다음 우리가 이것을 마쳤음에 틀림없다고 당신이 생각했을 때, 도시로 들어와 저의 아버지 알키노우스의 집으로 가는 길을 물으십시오. 당신은 그것을 찾는 데 어려움이 없을 것입니다. 어떤 아이라도 당신에게 그것을 가리켜 줄 수 있을 테니까요. 왜냐하면 온 도시 전체에 다른 어떤 사람도 그가 가진 것과 같은 그런 훌륭한 집을 가지고 있지 않기 때문입니다. 당신이 문들을 지나고 바깥마당을 통해 갔을 때, 안쪽 마당을 가로질러 곧장 가세요. 저의 어머니에게 도착할 때까지 말입니다. 당신은 그녀가 벽난로 옆에 앉아 불빛으로 그녀의 자주색 양털을 잣고 있는 것을 발견할 것입니다. 그녀의 시녀들 모두가 그녀 뒤에 정렬되어 있는 채로 버팀목들 중 하나에 기대어 앉아 있는 것을 보는 것은 멋진 광경입니다. 그녀의 자리 가까이에 저의 아버지의 자리가 서 있는데, 그는 그 위에 앉아 불멸의 신처럼 술을 마시고 계실 것입니다. 아버지에게는 신경쓰지 말고, 저의 어머니에게로 가십시오. 그리고 만약 당신이 빨리 집에 가고 싶다면, 그녀의 무릎위에 손을 얹으십시오. 만약 당신이 그녀를 설득할 수 있다면, 당신은 다시 자신의 나라를 보게 될 희망을 품을 수 있을 것입니다. 그것이 아무리 멀리 떨어져 있을지라도 말입니다."

그렇게 말하며 그녀는 채찍으로 노새들을 몰았고, 그들은 강을 떠났다. 노새들은 힘차게 수레를 끌었고, 그들의 발굽들은 길 위를 오르내렸다. 그녀는 오디세우스와 수레와 함께 걸어서 따라가고 있는 시녀들을 위해 너무 빠르게 가지 않도록 조심했고, 그래서 그녀는 신중하게 그녀의 채찍을 휘둘렀다. 해가 질 무렵, 그들은 아테나의 성스러운 숲에 이르렀고, 그곳에서 오디세우스는 앉아 제우스의 강력한 딸에게 기도했다.

“저를 들어 주소서!” 그가 외쳤다. “아이기스를 지닌 제우스의 딸이여, 지칠 줄 모르는 여신이여! 이제는 들어 주소서. 왜냐하면 포세이돈이 저를 난파시킬 때 당신은 제 기도에 귀 기울이지 않으셨으나, 이제 저를 가엾이 여기시고, 제가 페아키아인들에게서 친구들을 얻고 환대를 받게 해 주십시오.”

이렇게 그는 기도했고, 아테나는 그의 기도를 들었지만, 그녀는 그에게 공개적으로 모습을 드러내지 않았다. 왜냐하면 그녀는 오디세우스의 귀환을 막으려는 그의 노력들에서 여전히 격렬하게 화가 나 있던 그녀의 삼촌 포세이돈이 두려웠기 때문이다.

7

알키노우스 궁전의 화려함과 아레테 여왕

이렇게 오디세우스는 그녀를 기다리며 기도했다. 그러나 그 소녀가 그녀의 아버지의 집에 도착했을 때, 그녀는 대문 앞에서 멈춰 섰고, 신들처럼 단정한 그녀의 오빠들이 그녀 주위로 모여 수레에서 노새들을 풀고, 옷들을 집 안으로 날랐다. 한편 그녀는 자신의 방으로 갔다. 그곳에서 아페이라 출신의 늙은 하녀

에우뤼메두사가 그녀를 위해 불을 피웠다. 이 늙은 여인은 바다를 통해 아페이라에서 데려왔고, 알키노우스가 페아키아인들의 왕이었기 때문에 그를 위한 전리품으로 선택되었다. 그리고 백성들은 그를 신처럼 복종했다. 그녀는 나우시카의 유모였고, 이제 그녀를 위해 불을 피우고, 그녀를 위한 저녁 식사를 그녀의 방으로 가져왔다.

그 무렵 오디세우스는 도시를 향해 가기 위해 몸을 일으켰다. 그리고 아테나는 그를 만난 어떤 오만한 페아키아인들이 그에게 무례하거나 그가 누구인지 물어볼 경우를 대비하여, 그를 숨기기 위해 그의 주위로 짙은 안개를 드리웠다. 그런 다음 그가 막 도시에 들어서려 할 때, 그녀는 물 항아리를 나르는 작은 소녀의 모습으로 그의 앞에 나타났다. 그녀가 그의 바로 앞에 멈춰서자, 오디세우스가 말을 건넸다.

"사랑스러운 아이야, 알키노우스 왕의 집을 내게 보여주겠니? 나는 곤경에 처한 불행한 이방인이고, 이 도시와 나라에서 아는 이가 아무도 없구나."

그러자 아테나가 말했다.

"네, 이방인이여. 제가 당신이 찾는 집을 당신에게 보여줄 것입니다. 왜냐하면 알키노우스는 저의 아버지와 아주 가까이 살기 때문입니다. 제가 앞서 길을 이끌테니 따라오십시오. 그러나 당신이 가는 동안 아무 말도 하지 마십시오. 그리고 어떤 사람도 보지 말고 그에게 질문하지 마십시오. 왜냐하면 여기 사람들은 이방인들을 달가워하지 않으며, 다른 어떤 곳에서 온 사람들을 좋아하지 않기 때문입니다. 그들은 바다를 항해하는 민족이고, 생각처럼 미끄러져 가거나 공중의 새처럼 달리는 배들로 포세이돈의 은혜 아래 바다들을 항해합니다."

이렇게 말한 뒤 그녀는 길을 이끌었고, 오디세우스가 그녀의 발걸음을 따랐다. 그러나 페아키아인들 중 어떤 한 명도 그들 한가운데를 통과하는 그를 볼 수 없었다. 왜냐하면 오디세우스의 안녕을 염원한 위대한 여신 아테나가 그를 짙은 어둠의 망토 속에 숨겼기 때문이다. 그는 그들의 항구들, 배들, 집회 장소들, 그리고 도시의 높은 성벽들에 감탄했다. 그것들은 그들 꼭대기에 있는 말뚝 울타리를 얹은 성벽은 실로 장엄했다. 그리고 그들이 왕의 집에 도착했을 때, 아테나가 말했다.

"이것이 당신이 저에게 보여주기를 원했던 집입니다. 아버지 이방인이여. 당신은 식탁에 앉아 있는 수많은 귀인들을 발견할 것입니다. 그러나 두려워하지 마십시오. 곧장 들어가십시오. 왜냐하면 사람이 더 대담할수록, 심지어 그가 이방인일지라도, 자신의 뜻을 관철시킬 가능성이 더 높기 때문입니다. 먼저 여왕을 찾으십시오. 그녀의 이름은 아레테이고, 남편 알키노우스와 같은 가문 출신입니다. 그들 둘 다 본래 포세이돈의 혈통입니다. 그는 페리보에아, 아주 아름다운 여인에게서 나우시토우스를 얻었습니다. 페리보에아는 에우뤼메돈의 가장 어린 딸이었는데, 그는 한때 거인들을 다스렸지만, 백성을 멸망으로 이끌고 스스로도 파멸했습니다."

그러나 포세이돈은 그의 딸과 결합하여, 그녀는

그에게서 아들을 낳았는데, 위대한 나우시토우스였다. 그는 페아키아인들을 다스렸다. 나우시토우스에게는 두 아들 렉세노르와 알키노우스가 있었다. 아폴론이 그들 중 첫 번째를 그가 아직 신랑이었고 남성 후손이 없을 때 죽였다. 그러나 그는 딸 아레테를 남겼는데, 알키노우스가 그녀와 결혼했고, 집을 지키는 다른 모든 여인들처럼 아내를 존중한다.

"그래서 그녀는 자식들과 알키노우스 자신, 그리고 온 백성들에게 헤아릴 수 없는 존경을 받아왔고 지금도 그러합니다. 그들은 그녀를 여신처럼 여기고, 그녀가 도시 주위를 다닐 때마다 그녀에게 인사합니다. 왜냐하면 그녀는 마음과 지혜 모두에서 완전히 선량한 여인이기 때문입니다. 그리고 어떤 여인들이 그녀와 친분이 있다면, 그녀는 그들의 남편들이 분쟁들을 해결하도록 돕기도 합니다. 만약 당신이 그녀의 호의를 얻을 수 있다면, 당신은 다시 당신의 친구들을 보고 당신의 고향과 나라로 무사히 돌아갈 모든 희망을 가질 수 있을 것입니다."

그런 다음 아테나는 스케리아를 떠나 바다 건너로 갔다. 그녀는 마라톤과 아테네의 넓은 거리들로 갔고, 거기서 에레크테우스의 거처로 들어갔다. 그러나 오디세우스는 알키노우스의 집으로 계속 갔고, 그는 청동 문턱에 도달하기 전에 잠시 멈추면서 깊이 숙고했다. 왜냐하면 궁전의 화려함이 태양이나 달의 빛과도 같았기 때문이다. 양쪽의 성벽들은 끝까지 청동으로 되어 있었고, 처마 장식은 푸른 에나멜로 장식되어 있었다. 문들은 황금이었고, 청동 바닥에서 솟아난 은

기둥에 달려 있었고, 한편 문틀은 은이었고 문고리는 황금이었다.

양쪽에는 헤파이스토스가 그의 완벽한 기술로 알키노우스 왕의 궁전을 지키게 한 특별히 만들었던 금과 은의 사냥개들이 서 있었다. 그들은 불멸이었고 결코 늙지 않았다. 좌석들은 성벽을 따라, 한쪽 끝에서 다른 쪽 끝까지 정렬되어 있었는데, 집안의 여인들이 만들었던 고운 직물로 덮여 있었다. 여기서 페아키아인들의 귀인들은 앉아 먹고 마시고 술을 마시곤 했으니, 모든 계절에 풍요로움이 있었기 때문이다. 그리고 황금으로 된 젊은 남자들의 형상들이 있었는데, 손에 켜진 횃불들을 들고 받침대들 위에 세워져 밤에 식탁에 앉아 있는 사람들에게 빛을 주었다. 집에는 쉰 명의 하녀들이 있었는데, 그들 중 일부는 항상 방앗간에서 풍부한 노란 곡식들을 갈고, 한편 다른 이들은 베틀에서 일하거나 앉아서 실을 잣고 있었다. 그리고 그들의 북은 사시나무 잎이 흔들리듯 오르내렸고, 한편 리넨은 너무나 촘촘하게 짜여져 있어서, 그것은 기름조차 튕겨낼 듯했다. 페아키아인들이 세상에서 가장 뛰어난 뱃사람들인 만큼, 그들의 여인들은 베틀 짜기에서 다른 모든 사람들을 능가했다. 왜냐하면 아테나가 그들에게 온갖 종류의 유용한 기술들을 가르쳤고, 그들은 매우 지혜로웠기 때문이다.

바깥마당의 문 밖에는 약 네 에이커의 큰 정원이 있었고, 그 주위로 온통 성벽이 있었다. 그것은 아름다운 나무들, 배나무와 석류나무 그리고 가장 맛있는 사과들로 가득 차 있었다. 또한 풍성한 무화과와 완전히 자란 올리브들도 있었다. 그

열매들은 일 년 내내, 겨울이나 여름에도 시들지 않았다. 온화한 공기가 덕에, 옛 열매가 떨어지기 전에 새로운 열매가 익었기 때문이다. 배가 배 위에 자라고, 사과가 사과 위에, 무화과가 무화과 위에, 그리고 포도들도 마찬가지였다. 왜냐하면 훌륭한 포도밭이 있었기 때문이다. 이것의 한 부분의 평평한 땅 위에서는 포도들이 건포도로 만들어지고 있었다. 다른 부분에서는 수확이 이루어졌다. 어떤 것들은 포도주 통들 안에서 밟히고 있었고, 다른 것들은 더 나아가 그들의 꽃들을 떨어뜨리고 열매를 보여주기 시작하고 있었다. 또 다른 것들은 빛깔을 바꾸고 있었다. 정원의 가장 먼 부분에는 일 년 내내 꽃을 피우는 아름답게 정돈된 화단들이 있었다. 두 개의 흐름들이 그것을 통과하는데, 하나는 전체 정원을 통해 도관들로 돌아가고, 다른 하나는 바깥마당의 땅 아래로 집으로 들어와, 도시의 사람들은 거기서 물을 길었다. 이것이 신들이 알키노우스 왕의 집에 내린 화려함들이었다.

여기서 오디세우스는 잠시 동안 섰고, 그의 주위를 둘러보다가 충분히 오래 바라보았을 때, 문턱을 건너 집의 경내 안으로 들어갔다. 거기서 그는 페아키아인들 중에서 모든 귀인들이 헤르메스에게 그들의 제주를 바치고 있는 것을 발견했다. 그것은 그들이 밤에 자리를 뜨기 전에 항상 마지막으로 했던 의식이었다. 그는 곧장 안마당을 통해 갔으니, 아테나가 그를 감쌌던 어둠의 망토에 여전히 숨겨진 채로 그가 아레테와 알키노우스 왕에게 도착할 때까지였다. 그런 다음 그는 여왕의 무릎 위에 손을 얹었고, 그 순간

기적적인 어둠이 걷히며 그의 모습이 드러났다. 거기에 한 남자가 있는 것을 보고, 모두는 놀라 말문이 막혔지만, 오디세우스는 즉시 그의 청원을 시작했다.

"아레테 여왕, 위대한 렉세노르의 따님이시여! 저의 곤경 속에서 저는 당신에게, 그리고 당신의 남편과 여기 당신의 손님들에게 가능한 한 빨리 저를 제 나라로 돌려보내 주시기를 겸손하게 청합니다. 그들이 장수와 행복으로 번성하기를, 그리고 그들의 소유물들을 그들의 아이들에게 그리고 국가에 의해 그들에게 부여된 모든 영예들을 남겨주기를 기원합니다. 왜냐하면 저는 오랫동안 고난에 시달리며 저의 친구들로부터 멀리 떨어져 있었기 때문입니다."

그런 다음 그는 재들 한가운데의 화덕의 재들

사이에 앉았고, 그들 모두는 침묵을 지켰다. 현재 훌륭한 연설가였고, 페아키아인들 사이의 장로였던 늙은 영웅 에케네우스가 정직하고 분명한 말로 입을 열었다.

"알키노우스여," 그가 말했다. "이방인이 당신의 화덕의 재들 사이에 앉아 있는 모습은 합당하지 않습니다. 모든 사람들은 당신이 무슨 말을 하려는지 듣기를 기다리고 있습니다. 그러니 그에게 일어나, 은으로 장식된 걸상에 앉으라 말하십시오. 그리고 당신의 하인들에게 포도주와 물을 섞어 우리가 벼락의 군주 제우스에게 제주를 바칠 수 있게 하라고 명령하십시오. 그는 모든 좋은 마음을 가진 간청자들을 그의 보호 아래에 두는 분입니다. 그리고 가정부가 그에게 저녁 식사를 주게 하십시오. 집에 있는 무엇이든."

알키노우스가 이것을 들었을 때, 그는 오디세우스의 손을 잡고, 그를 화덕에서 일으켜 세우고, 그의 옆에 앉아 있었고, 그의 가장 좋아하는 아들이었던 라오다마스의 자리를 차지하라고 그에게 명령했다. 한 하녀가 그런 다음 아름다운 황금 물 주전자에 물을 가져와, 그가 손을 씻도록 은 대야에 부어주었고, 그녀는 그 옆에 깨끗한 식탁을 당겨 놓았다. 상급 하인이 그에게 빵을 가져왔고, 집에 있는 좋은 것들 중 많은 것을 그에게 제공했으며, 오디세우스는 먹고 마셨다. 그런 다음 알키노우스가 하인들 중 한 명에게 말했다.

"폰토노우스, 포도주 잔 하나를 섞고, 그것을 주위로 건네주어 우리가 모든 좋은 마음을 가진 간청자들의 보호자인 벼락의 군주 제우스에게 제주들을 바칠 수 있게 하라."

폰토노우스는 그런 다음 포도주와 물을 섞었고, 모든 사람에게 그의 제주를 준 후에 그것을 주위로 건네주었다. 그들이 그들의 제주들을 바치고, 각자가 마음 내키는 만큼 마셨을 때, 알키노우스가 말했다.

"페아키아인들의 장로들과 읍 원로들이여, 저의 말을 들으십시오. 당신들은 저녁 식사를 했으니, 이제 집으로 가서 잠자리에 드십시오. 내일 아침 저는 더 많은 수의 장로들을 초대하고, 우리의 손님을 기리기 위해 희생 제물의 잔치를 베풀 것입니다. 우리는 그런 다음 그의 호송에 대한 질문을 논의하고, 그를 그의 자신의 나라로 문제나 불편함 없이 즉시 기뻐하며 돌려보낼 방법을 고려할 수 있습니다. 그 곳이 아무리 멀리 떨어져 있을지라도 말입니다. 우리는 그가 귀향 여행 동안 어떤 해악도 당하지 않도록 해야 합니다. 그러나 그가 일단 집에 있르면, 그는 다른 사람들처럼 좋든 나쁘든 그가 태어난 운명을 받아들여야 할 것입니다. 그러나 이 이방인은 하늘에서 내려온 불멸의 존재들 중 한 명일 수도 있습니다. 그러나 이번에는 신들은 그들의 평소 관습에서 벗어나고 있습니다. 왜냐하면 지금까지 그들은 우리가 그들에게 헤카톰들을 바칠 때, 우리에게 그들 자신을 완벽하게 분명하게 모습을 드러냈소. 그들은 우리 자신 중 한 명처럼 와서 우리의 잔치들에 앉고, 만약 어떤 고독한 여행자가 우연히 그들 중 어떤 한 명을 만난다면, 결코 자신을 숨기지 않았소. 왜냐하면 우리는 키클롭스들, 그리고 야만적인 거인들만큼이나 신들과 가까운 친족이기 때문입니다."

그러자 오디세우스가 말했다.

"알키노우스 왕이시여, 부디 그런 생각을 품지 마십시오. 저는 몸이나 마음 모두에서 불멸의 어떤 것도 가지고 있지 않으며, 당신들 중에서 가장 고통받는 사람들과 가장 많이 닮았습니다. 실제로 만약 제가 하늘이 저에게 내리기로 적절하다고 본 모든 것을 당신에게 말한다면, 당신은 제가 그들보다 훨씬 더 비참한 상황에 있다고 말할 것입니다. 슬픔에도 불구하고 저녁 식사를 하게 해 주십시오. 왜냐하면 텅 빈 배는 매우 끈질긴 것이고, 그 고통이 아무리 끔찍할지라도 사람의 주의에 스스로를 밀어넣기 때문입니다. 저는 큰 문제 속에 있지만, 그것은 제가 먹고 마셔야 한다고 주장하고, 저의 모든 슬픔의 기억을 옆에 놓아두고 오직 자신의 채움을 요구합니다. 당신들 자신에 대해서는, 당신들이 제안하는 대로 하십시오. 그리고 날이 밝으면 저를 집으로 돌아가게 돕는 것을 시작하십시오. 만약 제가 저의 재산, 저의 노예들 그리고 저의 집의 모든 위엄을 다시 한번 볼 수만 있다면, 저는 기꺼이 죽을 것입니다."

이렇게 그는 말했다. 모든 사람이 그의 말에 동의했고, 그가 합리적으로 말했으므로, 그가 그의 호위대를 가져야 한다는 것에 동의했다. 그런 다음 그들의 제주들을 바치고, 각자가 마음 내키는 만큼 마셨을 때, 그들은 집으로 가서 각자 자신의 거처에서 잠자리에 들었다. 오디세우스는 하녀들이 저녁식사 후에 그릇들을 치우는 동안 아레테와 알키노우스와 함께 회랑에 남았다. 아레테가 먼저 말했다. 왜냐하면 그녀가 오디세우스가 입고 있던 셔츠, 망토 그리고 좋은 옷들을 그녀와 그녀의 하녀들의 작품으로 알아보았기 때문이다. 그래서 그녀가 말했다.

"이방인이여, 우리가 더 나아가기 전에 제가 당신에게 묻고 싶은 질문이 있습니다. 당신은 누구이고, 어디서 왔습니까? 그리고 누가 당신에게 그 옷들을 주었습니까? 당신은 바다 건너에서 여기에 왔다고 말하지 않았습니까?"

오디세우스가 대답했다.

"부인, 저의 불행에 대한 이야기를 완전히 이야기하자면 긴 이야기가 될 것입니다. 왜냐하면 하늘의 손이 저에게 무겁게 놓였기 때문입니다. 그러나 당신의 질문에 관해서는, '오기기아'라고 불리는 바다에 멀리 떨어진 한 섬이 있습니다. 여기에는 아틀라스의 딸, 교활하고 강력한 여신 칼립소가 삽니다. 그녀는 인간과 신을 막론하고 모든 이웃들로부터 멀리 떨어져 혼자 삽니다. 그러나 불운이 저를 완전히 황폐하고 홀로 있는 그곳의 그녀의 화덕으로 데려왔습니다. 왜냐하면 제우스가 저의 배를 천둥 벼락들로 쳐서 바다 한가운데에서 산산조각 냈기 때문입니다. 저의 용감한 동료들은 모두 익사했지만, 저는 용골에 매달려 아홉 날 동안 이리저리 떠밀렸습니다. 마침내, 열 번째 밤의 어둠 동안 신들이 저를 위대한 여신 칼립소가 사는 오기기아 섬으로 데려왔습니다. 그녀는 저를 받아들였고, 극진한 친절함으로 저를 대했습니다. 실제로 그녀는 제가 결코 늙지 않도록 저를 불멸로 만들고 싶어 했습니다. 끝내 저를 그렇게 하도록 설득할 수 없었습니다."

"저는 칼립소와 7년 동안 계속 머물렀고, 그 시간 동안 그녀가 저에게 주었던 옷들을 눈물로 적셨습니다. 그러나 마침내 여덟 번째 해가 돌아왔을 때, 그녀는 제우스가 그녀에게 그래야 한다고 말했기 때문이든, 혹은 그녀가 마음을 바꿨기 때문이든, 그녀는 제게 떠나라고 명령했습니다. 그녀는 저를 뗏목에 태워 그녀의 섬에서 내보냈고, 그녀는 많은 빵과 포도주로 충분한 식량을 마련해 주었습니다. 더욱이 그녀는 저에게 좋고 튼튼한 옷들을 주었고, 따뜻하고 순조롭게 부는 바람을 저에게 보냈습니다. 열일곱 날 동안 저는 바다 위로 항해했고, 열여덟 번째 날에 당신들의 해안 위의 산들의 첫 번째 윤곽들을 보았습니다. 저는 그것을 보고 정말 기뻤습니다. 그럼에도 불구하고 저에게는 아직 시련이 남아 있었습니다. 왜냐하면 이 지점에서 포세이돈이 저를 더 이상 가게 하지 않았고, 저에게 맞서 큰 폭풍을 일으켰기 때문입니다. 바다는 너무나 험악해서, 저는 더 이상 저의 뗏목에 머물 수 없었고, 그것은 돌풍의 분노 아래에서 산산조각 났고, 저는 헤엄쳐야 했습니다. 바람과 물결이 저를 당신들의 해변으로 데려왔습니다. 거기서 저는 상륙하려 했지만, 할 수 없었습니다. 왜냐하면 그곳은 험한 곳이어서, 파도들이 저를 바위들에 내던졌기 때문입니다. 그래서 저는 다시 바다로 갔고, 바다를 따라 헤엄쳐 어떤 강에 이르렀는데, 그곳은 가장 알맞은 장소처럼 보였습니다. 왜냐하면 어떤 바위들도 없었고, 그것이 바람으로부터 보호받았기 때문입니다. 여기에서 저는 물 밖으로 나와 저의 정신을 가다듬었습니다.

밤이 다가오고 있었으므로, 저는 강을 떠나 한 덤불 속으로 들어갔고, 거기서 저는 몸을 잎들로 모두 덮었습니다. 그리고 현재 하늘이 저를 아주 깊은 잠에 빠뜨렸습니다. 상처입고 슬펐지만, 저는 밤새도록 잎들 사이에서 잠을 잤고, 다음 날 오후까지 잠을 잤습니다. 그때 태양이 서쪽으로 기울고 있을 때 저는 깨어났고, 당신의 딸의 하녀들이 해변 위에서 놀고 있는 것을 보았고, 그들 가운데 당신의 딸은 여신처럼 보였습니다. 저는 그녀에게 도움을 간청했고, 그녀는 아주 훌륭한 성품을 지니고 있음을 드러냈습니다. 젊은이에게 기대될 수 있는 것보다 훨씬 더 말입니다. 왜냐하면 젊은 사람들은 종종 경솔하기 마련이니까요. 그녀는 저에게 많은 빵과 포도주를 주었고, 그녀가 저를 강에서 씻게 했을 때, 그녀는 또한 지금 제가 입고 있는 이 옷들을 저에게 주었습니다. 그러므로 비록 그렇게 하는 것이 저에게 고통을 주었을지라도, 저는 당신에게 모든 진실을 말했습니다."

그러자 알키노우스가 말했다.

"이방인이여, 나의 딸이 당신이 도움을 요청한 첫 번째 사람이었다는 것을 보아, 당신을 즉시 하녀들과 함께 나의 집으로 데려오지 않은 것은 매우 잘못된 행동이었다."

"부디 그녀를 꾸짖지 마십시오," 오디세우스가 대답했다. "그녀는 비난받을 일이 없습니다. 그녀는 저에게 하녀들과 함께 따라오라고 말했습니다. 그러나 저는 부끄럽고 두려웠습니다. 왜냐하면 당신이 저를 본다면 어쩌면 기분 상하실 수도 있다고 제가 생각했기 때문입니다. 인간은 때때로 의심이 많고 성급해지기 마련입니다."

"이방인이여," 알키노우스가 대답했다. "나는 하찮은 일로 분노하는 사람이 아닙니다. 합리적인 것이 항상 더 낫습니다. 그러나 아버지 제우스와 아테나 그리고 아폴론를 두고 맹세하건대, 이제 제가 당신이 어떤 사람인지, 그리고 당신이 저와 얼마나 뜻이 통하는지 보았으니, 당신이 여기에 머물러 저의 딸과 결혼하고 저의 사위가 되었으면 좋겠습니다. 만약 당신이 머물러 준다면, 저는 당신에게 집과 재산을 줄 것입니다. 그러나 아무도 당신 뜻에 반하여 당신을 여기에 붙잡아두지 않을 것이고, 당신이 이것에 대해 확신할 수 있도록 저는 내일 당신의 호송 문제를 처리하겠소. 당신은 당신이 원하는 대로 항해 내내 잠을 잘 수 있습니다. 그리고 부하들은 당신을 부드러운 물결

위로 당신 자신의 집으로, 혹은 당신이 원하는 곳으로 항해시킬 것입니다. 심지어 그것이 에우보이아보다 훨씬 더 멀리 떨어져 있을지라도 말입니다. 저의 백성들 중에서 금발의 라다만투스를 가이아의 아들 티튀우스에게 데려다주었을 때를 본 이들이, 그것이 어떤 장소보다 가장 먼 곳이라고 말했소. 그러나 그들은 스스로를 괴롭히지 않고 그 전체 항해를 하루 만에 끝냈고, 그 후 다시 돌아왔습니다. 이를 통해 저의 배들이 다른 모든 것들을 얼마나 능가하는지, 그리고 저의 선원들이 얼마나 훌륭한 노 젓는 이들인지 볼 것입니다."

그러자 오디세우스는 기뻐하며 큰 소리로 기도했다.

"아버지 제우스여! 알키노우스가 말한 모든 것을

그가 행하도록 허락해 주십시오. 왜냐하면 그렇게 그는 인류 가운데 영원한 이름을 얻을 것이고, 동시에 저는 저의 나라로 돌아갈 것이기 때문입니다."

이렇게 그들은 이야기를 나누었다. 그런 다음 아레테는 그녀의 하녀들에게 문간 집에 있는 방에 침대를 설치하고, 좋은 붉은 양탄자들로 그것을 만들고, 오디세우스가 입을 양털 망토들로 그 위를 덮으라고 말했다. 하녀들은 그런 다음 손에 횃불을 들고 밖으로 나갔고, 그들이 침대를 만들었을 때 오디세우스에게 다가와 말했다.

"일어나십시오, 이방인님. 그리고 당신의 침대가 준비되었으니 저희와 함께 오십시오." 그는 그의 휴식처로 가는 것이 정말 기뻤다.

그래서 오디세우스는 메아리치는 문 위층에

있는 방에 있는 침대에서 잠을 잤다. 그러나 알키노우스는 그녀의 아내인 여왕을 그의 옆에 두고 집의 안채에서 누워 있었다.

8

운동 경기와 음유시인의 노래

장밋빛 손가락의 아이, 새벽이 동녘에 나타나자 알키노우스와 오디세우스 두 사람 모두 잠에서 깨어났다. 알키노우스는 그를 배 근처에 있는 페아키아인들의 회의 장소로 이끌었다. 그들은 그곳에 도착하여 윤이 나는 돌로 만든 자리에 나란히 앉았다. 한편, 아테나 여신은 알키노우스의 하인 중 한 명의 모습으로 변신하여, 오디세우스의 귀향을 돕기 위해 도시를 돌아다녔다.

그녀는 시민들에게 한 사람씩 다가가 이렇게 말했다.

“페아키아인들의 장로들과 읍 의원들이여, 모두 회의에 와서 알키노우스 왕의 집에 긴 항해 끝에 도착한 이방인의 말을 들으십시오. 그는 마치 불멸의 신처럼 보입니다. 레게노!”

이 말에 모두가 회의에 참석하고 싶어 했고, 결국 앉을 자리와 서 있을 공간이 모두 사람들로 붐빌 때까지 몰려들었다. 아테나는 오디세우스의 머리와 어깨를 더욱 아름답게 장식하여, 그가 실제보다 더 크고 당당해 보이도록 했다. 이로 인해 모든 사람이 오디세우스의 모습에 경탄했다. 이는 그가 페아키아인들에게 호의적인 인상을 심어주고, 그들이 그에게 도전할 많은 기술

시합에서 뛰어난 실력을 발휘하도록 하기 위함이었다.

이렇게 그들이 함께 모였을 때, 알키노우스가 말했다.

"저의 말을 들으시오, 페아키아인들의 장로들과 읍 의원들이여. 제가 지금부터 마음먹은 바를 거리낌없이 말할 수 있도록 해 주시오. 이 이방인은 동쪽이든 서쪽이든 상관없이 어딘가에서 나의 집으로 찾아왔소. 그는 호위대를 원하고 이 문제가 신속히 해결되기를 바라오. 그러니 우리가 그를 위해 호위대를 준비하게 합시다. 우리가 그전에 다른 사람들을 위해 했던 것처럼 말입니다. 사실, 지금까지 저의 집에 온 어떤 사람도 제가 그를 충분히 빨리 그의 길로 서두르게 하지 않았다고 저를 불평할 수 없었소. 배 한 척을 바다로 끌어내게 합시다. 아직 항해한 적이 없는 배입니다. 그리고 우리의 가장 영리한 젊은 선원들 중 쉰두 명을 선발하여 그 배에 태우도록 합시다. 그런 다음 당신들이 자신의 자리 옆에 각각 노들을 단단히 고정했을 때, 배를 떠나 나의 집으로 와서 잔치를 준비하시오. 내가 당신들에게 모든 것을 제공할 것입니다. 저는 선원들이 될 젊은이들에게 이 지시들을 내렸소. 당신들 장로들과 읍 의원들에 관해서는 회랑에서 우리의 손님을 맞아 주시기 바라오. 저는 어떤 변명도 받아들이지 않을 것이고, 우리는 데모도쿠스가 우리를 위해 노래하게 할 것입니다. 왜냐하면 그가 무엇에 대해 노래하든 그와 같은 음유시인은 없기 때문입니다."

알키노우스는 그런 다음 앞장서자 다른 사람들이 뒤따랐다. 한편, 한 하인이 데모도쿠스를 데리러 갔다. 쉰두 명의 엄선된 노 젓는 이들은 명령받은 대로 해변으로 갔고, 그들이 거기에 도착했을 때 배를 물속으로 끌어내리고, 돛대와 돛들을 배안에 넣고, 꼬인 가죽 끈들로 노들을 노받침 핀에 모두 제때 묶고, 하얀 돛들을 높이 펼쳤다. 그들은 그 배를 육지에서 약간 떨어진 곳에 정박한 다음, 해변으로 와서 알키노우스 왕의 집으로 갔다. 바깥 건물들과 마당 그리고 모든 경내들은 노인과 젊은이들 가리지 않고 인파로 가득 찼다. 그리고 알키노우스는 그들에게 양 열두 마리, 살이 오른 돼지 여덟 마리 그리고 소 두 마리를 잡았다. 그들은 이것들을 손질하여 성대한 잔치를 베풀었다.

한 하인이 당대에 유명한 음유시인 데모도쿠스를 안으로 이끌었는데, 뮤즈가 그를 너무나 사랑했지만 그에게 선과 악 둘 다를 주었으니, 왜냐하면 그녀가 그에게 신성한 노래의 재능을 주었지만 그에게서 시력을 빼앗았기 때문이다. 폰토노우스는 그를 위해 손님들 한가운데에 자리를 놓아주었고, 버팀목에 그를 기대어 놓았다. 그는 머리 위의 못에 리라를 걸어두었고, 그에게 손으로 더듬어 잡을 수 있도록 위치를 알려주었다. 그는 또한 그 옆에 음식 바구니와 포도주 잔 하나가 있는 아름다운 식탁을 놓아주어 그가 원할 때마다 마실 수 있게 하였다.

이윽고 일행은 그들 앞에 있는 진수성찬에 손을 뻗었다. 그들이 먹고 마셔 충분히 배가 부르자마자, 뮤즈는 데모도쿠스에게 영감을 불어넣어 영웅들의 위업들을 노래하게 했다. 특히 모든 사람들의 입에 오르내리던 한 가지 문제에 대해, 즉 오디세우스와 아킬레우스 사이의 싸움과 그들이 한 잔치에 함께 앉아 있을 때 그들이 서로에게 퍼부었던 격렬한 언쟁에 대해서였다. 그러나 아가멤논은 그의 족장들이 서로 다투는 것을 들었을 때 기뻐했다. 왜냐하면 그가 신탁을 구하려 돌 바닥을 건넜을 때, 아폴론이 퓌토에서 그에게 이것을 미리 예언했었기 때문이다. 여기서 제우스의 뜻에 따라 다나오스인들과 트로이인들 둘 다에게 닥쳤던 그 불행의 서막이 열렸다.

음유시인이 이렇게 노래했지만, 오디세우스는 그의 자주색 망토를 그의 머리 위로 끌어당겨 그의 얼굴을 가렸다. 왜냐하면 그가 울고 있다는 것을 페아키아인들이 보는 것을 그는 부끄러워했기 때문이다. 음유시인이 노래하는 것을 멈췄을 때, 그는 그의 눈에서 눈물을 닦고 얼굴을 드러낸 뒤,

잔을 들어 신들에게 제주(祭酒)를 바쳤다. 그러나 페아키아인들이 데모도쿠스에게 더 노래해달라고 청했는데, 왜냐하면 그들이 그의 노래들에 즐거워했기 때문이다. 그때 오디세우스는 다시 그의 망토를 그의 머리 위로 끌어당기고 쓰라리게 울었다. 알키노우스를 제외하고는 아무도 그의 고통을 알아채지 못했고, 그는 그의 옆에 앉아 있었고 그가 내쉬고 있던 무거운 한숨을 내쉬는 소리를 들었다.

그래서 그는 곧바로 말했다.

"페아키아인들의 장로들과 읍 의원들이여, 이제 우리는 잔치와 그에 어울리는 음유시인의 노래들 모두에 대해 충분히 즐겼습니다. 그러므로 우리가 운동 경기들로 나아가게 합시다. 그래서 우리의 손님이 그의 고향으로 돌아갈 때, 그가 그의 친구들에게 우리가 복싱 선수들, 레슬링 선수들, 점프하는 사람들 그리고 달리기 선수들로서 다른 모든 민족들을 얼마나 능가하는지 말할 수 있도록 말입니다."

이 말과 함께 그는 길을 이끌었고 다른 사람들은 뒤따라갔다. 한 하인이 데모도쿠스의 리라를 그를 위해 그의 못에 걸었고, 그를 회랑 밖으로 이끌어 모든 페아키아인들의 주요한 사람들이 경기들을 보기 위해 가고 있던 그 길과 같은 길에 그를 서게 하였다. 수천 명의 사람들이 군중을 이루어 그들을 따랐고, 모든 상을 놓고 겨룰 많은 훌륭한 경쟁자들이 있었다. 아크로네오스, 오퀴알루스, 엘라트레우스, 나우테우스, 프륌네우스, 안키알루스, 에레트메우스, 폰테우스, 프로레우스, 톤, 아나베시네우스 그리고 폴뤼네우스의 아들인

텍톤, 암피알루스, 나우볼루스의 아들 에우뤼알루스도 있었다. 그는 아레스 자신과 같았고, 라오다마스를 제외하고 페아키아인들 중에서 가장 잘생긴 남자였다. 알키노우스의 세 아들들, 라오다마스, 할리오스 그리고 클뤼토네우스도 경쟁했다.

달리기 경주가 먼저였다. 시작 지점에서 그들을 위해 코스가 설정되었고, 그들 모두가 같은 순간에 앞으로 튀어 나가며 평원 위에 먼지를 일으켰다. 클뤼토네우스가 아주 긴 거리로 먼저 들어왔다. 그는 두 마리의 노새들이 휴경지에서 갈아엎을 수 있는 밭고랑의 길이만큼 다른 모든 사람들을 그의 뒤에 남겨두었다. 그들은 그런 다음 고된 레슬링 기술로 돌아섰고, 여기서 에우뤼알루스가 최고의 남자라는 것을 증명했다. 암피알루스는 점프에서 다른 모든 사람들을 능가했고, 원반 던지기에서는 엘라트레우스를 능가할 자가 없었다.
알키노우스의 아들 라오다마스는 최고의 복싱 선수였고, 모두가 경기를 즐기고 있을 때 말했다.

"우리가 이 이방인이 이 스포츠들 중 어떤 것에서 뛰어난지 물어보게 합시다. 그는 매우 강력하게 만들어진 것처럼 보입니다. 그의 허벅지와 종아리, 손들 그리고 목은 엄청난 힘을 가졌고, 그는 전혀 늙지 않았습니다. 그러나 그는 최근에 많은 고통을 겪었습니다. 바다처럼 사람을 쇠약하게 만드는 것은 없으니까요. 그가 아무리 강하더라도 말입니다."

"당신 말이 맞습니다, 라오다마스"
에우뤼알루스가 대답했다. "당신이 직접 손님께 말씀을 건네십시오."

라오다마스가 이것을 들었을 때, 그는 군중의 한가운데로 나아가 오디세우스에게 말했다.

"경이여, 만약 당신이 이들 가운데 어떤 것에 숙련되어 있다면, 당신이 우리 경기들 중 하나에 참여해 주시기 바랍니다. 그리고 당신은 지금껏 그중 많은 것에 참여했음에 틀림없습니다. 어떤 사람에게도 그의 모든 생애 동안 그의 손과 발로 자신의 기량을 증명하는 것만큼 그렇게 많은 명성을 주는 것은 아무것도 없습니다. 그러니 어떤 것에든 한번 시도해보십시오. 그리고 당신의 마음에서 모든 슬픔을 내쫓으십시오. 당신의 귀향은 그리 오래 지체되지 않을 것입니다. 왜냐하면 배는 이미 물에 띄워졌고 선원들은 마련되었으니까요."

그러자 에우뤼알루스가 그를 노골적으로

모욕하며 말했다.

"그렇다면 저는 당신이 남자들이 일반적으로 즐거워하는 많은 스포츠들 중에서 어떤 것에도 숙련되지 않았다고 생각합니다. 저는 당신이 배들의 선장들이나 상인들로서 돌아다니는, 그리고 그들의 바깥 화물들과 귀향 화물들 외에는 아무것도 생각하지 않는 그런 탐욕스러운 상인들 중 한 명이라고 생각합니다. 당신 안에는 운동선수의 모습이 그리 많이 보이지 않는군요. 쇼만 요란한 쇼믈리에(컴퓨터 잘하는 척 '쇼'만 하는 사람) 같소."

"부끄러운 줄 아시오, 경!" 오디세우스가 대답했다. "당신은 오만한 사람이오. 신들이 모든 사람들에게 말, 외모 그리고 지혜를 똑같이 은혜를 베풀지 않는다는 것은 그토록 사실입니다. 어떤 사람은 왜소할지라도, 하늘은 이것을 그런 달콤한 말재주로 그를 꾸며 그를 보는 모든 사람을 매혹시킵니다. 그의 온화한 언사는 사람들을 이끌어 그는 그의 동료들의 모든 회의에서 지도자가 되고, 그가 가는 곳마다 그는 존경받습니다. 다른 사람은 신처럼 잘생길 수도 있지만, 그의 잘생김은 신중함으로 왕관을 쓰지 않습니다. 이것이 당신의 경우입니다. 어떤 신도 당신보다 더 빼어난 용모를 만들 수 없지만, 당신은 분별이 없소. 당신의 경솔한 발언들이 저를 매우 화나게 만들었고, 당신은 완전히 잘못 생각하고 있습니다. 왜냐하면 저는 아주 많은 육상 경기들에서 뛰어나기 때문입니다. 실제로 제가 젊음과 힘을 가졌던 동안, 저는 그 시대의 첫 번째 운동선수들 중 한 명이었습니다. 그러나 이제 저는 노고와 슬픔으로 지쳐 있습니다. 왜냐하면 저는 전투 들판에서도, 그리고 지친 바다의 파도들에서도 많이 겪었기 때문입니다. 이 모든 것에도 불구하고 저는 경쟁할 것입니다. 왜냐하면 당신의 조롱이 내 마음을 깊이 찔렀기 때문입니다."

그래서 그는 그의 망토조차 벗지 않고 서둘러 올라와, 페아키아인들이 그들 사이에서 원반 던지기를 할 때 사용했던 것들보다 더 크고, 더 거대하고 훨씬 더 무거운 원반 하나를 움켜쥐었다. 그런 다음 그것을 뒤로 흔들어 그의 울퉁불퉁한 손에서 그것을 던졌고, 그가 그렇게 하는 동안 그것은 공기 속에서 윙윙거리는 소리를 냈다. 페아키아인들은 그것의 비행의 돌진에 움찔했다. 원반은 우아한 궤적을 그리며, 지금까지 만들어진 어떤 표시보다 훨씬 더 멀리 날아갔다. 아테나는 한 남자의 모습으로 와서, 그것이 떨어진 장소를 표시했다. 그녀가 말했다.

"경, 맹인이라도 이 표식을 더듬어 쉽게 알 수 있을 것입니다. 그것은 다른 어떤 것보다 너무나 멀리 앞에 있으니, 당신은 이 경쟁에 대해 당신의 마음을 편안하게 가질 수 있습니다. 왜냐하면 어떤 페아키아인도 당신의 것과 같은 그런 던지기에 가까이 올 수 없기 때문입니다."

오디세우스는 그가 보는 이들 중에서 자신에게 우호적인 존재가 있음을 발견했을 때 기뻐했고, 그래서 그는 더 즐겁게 말하기 시작했다.

"젊은이들이여, 만약 당신들이 할 수 있다면 그 던지기에 오십시오. 그러면 저는 더 무겁거나 심지어 더 무거운 다른 원반을 던질 것입니다. 만약 어떤 사람이 저와 한 판 붙고 싶다면 그가 오게 하십시오. 왜냐하면 저는 매우 화가 났기 때문입니다. 저는 복싱을 하고, 레슬링을 하고, 달리기를 할 것입니다. 그것이 무엇이든 상관없습니다. 라오다마스를 제외하고는 여러분 모두와 함께 말입니다. 그러나 그와는 하지 않을 것입니다. 왜냐하면 저는 그의 손님이고 사람은 자신의 개인적인 친구와 경쟁할 수 없기 때문입니다. 적어도 저는 손님이 외국에 있을 때 그의 주인의 가족에게 어떤 게임에든 도전하는 것을 신중하거나 분별 있는 행동이라고 생각하지 않습니다. 만약 그가 그렇게 한다면 그런 자는 스스로 발밑의 땅을 무너뜨리는 것입니다. 그러나 저는 다른 어떤 사람에 대해서는 어떤 예외도 두지 않습니다. 왜냐하면 저는 이 문제를 끝내고 누가 가장 좋은 사람인지 알고 싶기 때문입니다. 저는 인류에게 알려진 모든 종류의 육상 스포츠에 능숙합니다. 저는 훌륭한 궁수입니다. 전투에서 저는 항상 저의 화살로 사람을 먼저 쓰러뜨리는 사람입니다. 아무리 많은 사람들이 저와 함께 그를 겨냥하고 있을지라도 말입니다. 필록테테스만이 우리가 아카이아인들이 트로이 앞에 있을 때, 그리고 훈련 중에 저보다 더 잘 쏠 수 있었던 유일한 사람이었습니다. 저는 세상 전체에서 다른 모든 사람들을 훨씬 능가합니다. 아직 땅 위에서 빵을 먹는 사람들 중에서 말입니다. 그러나 저는 헤라클레스나 오이칼리아인 에우뤼투스와 같은 신들마저 겨루었던 강자들과는 겨루고 싶지 않소. 이것이 실제로 에우뤼투스가 때아닌 죽음을 맞았던 방법입니다. 왜냐하면 아폴론이 그에게 화가 났고, 그가 궁수로서 그에게 도전했기 때문에 그를 죽였기 때문입니다. 저는 다른 어떤 사람보다 더 멀리 다트를 던질 수 있습니다. 달리기는 제가 어떤 페아키아인들에게 질지도 모르겠소.
왜냐하면 저는 바다에서 고난으로 매우 약해졌기 때문입니다. 식량이 부족했기 때문이오."

그들 모두는 알키노우스 왕을 제외하고 침묵을 지켰고, 그는 말했다.

"경, 우리는 당신의 말씀을 모두 즐겁게 들었습니다. 그로부터 당신이 우리 선수의 오만한 발언에 분노하여 용맹을 드러내고자 함을 이해했습니다. 그런 말은 마땅히 말할 줄 아는 사람이라면 결코 내뱉지 않았을 것입니다. 부디 내 뜻을 헤아려, 고향으로 돌아가 가족과 저녁을 나눌 때, 우리가 모든 재능에 있어 타고난 소질을 지녔다는 점을 전해 주시기 바랍니다. 우리는 복싱이나 레슬링으로 이름나지는 않았으나, 발이 빠르고 뛰어난 뱃사람들입니다. 우리는 훌륭한 식사와 음악, 춤을 사랑하고, 잦은 린넨 옷의 교체와 따뜻한 목욕, 편안한 침대를 즐깁니다. 그러니 이제 가장 뛰어난 춤꾼 몇이 나와 춤을 추게 하십시오. 손님께서 귀향하여 우리가 뱃사람과 달리기 선수, 춤꾼과 음유시인으로서 다른 민족을 능가한다고 전할 수 있도록 말입니다.
데모도쿠스는 리라를 집에 두고 왔으니, 누군가 달려가 가져오도록 하십시오."

이에 하인 하나가 왕의 집으로 달려가 리라를 가져왔다. 관리인으로 뽑힌 아홉 명의 남자가 앞으로 나서 경기 전반을 정비하며, 땅을 고르고 춤꾼들을 위한 넓은 공간을 마련했다. 이윽고 데모도쿠스의 리라가 돌아오자, 그는 사람들

가운데 자리를 잡았다. 도시에서 가장 빼어난 젊은 춤꾼들이 발을 놀리며 재빠르게 춤을 추기 시작했고, 오디세우스는 그들의 경쾌한 발놀림을 바라보며 크게 기뻐하였다.

그동안 음유시인이 아레스와 아프로디테의 사랑에 대해 노래하기 시작했고, 그들이 헤파이스토스의 집에서 어떻게 처음 그들의 연정을 나누게 되었는지를 노래했다. 아레스는 아프로디테에게 많은 선물들을 주었고, 헤파이스토스 왕의 혼인 침상을 더럽혔다. 그래서 그들이 무엇을 하고 있는지 보았던 태양이 헤파이스토스에게 말했다. 헤파이스토스는 그런 끔찍한 소식을 들었을 때 매우 화가 났고, 그래서 그는 해악을 마음에 품은 채 그의 대장간으로 갔다. 그의 거대한 모루를 제자리에 놓고, 아무도 풀거나 부술 수 없는 어떤 사슬들을 단련하기 시작했다. 그래서 그들이 그 자리에 붙잡히도록 하기 위함이었다. 올가미를 완성하자, 그는 그의 침실로 갔고, 거미줄처럼 생긴 사슬들로 모든 침대 기둥들을 장식했다. 그는 또한 많은 사슬들을 천장의 거대한 들보로부터 아래로 매달았다. 어떤 신도 그것들을 볼 수 없었으니, 그들은 너무나 가늘고 섬세했기 때문이다. 그가 침대 전체에 사슬들을 펼치자마자, 그는 마치 그가 세상의 모든 장소들 중에서 그가 가장 좋아했던 곳인 아름다운 렘노스로 떠나는 것처럼 행동했다. 그러나 아레스는 방심하지 않았고, 헤파이스토스가 떠나는 것을 보자, 아프로디테에 대한 사랑으로 불타 그의 집으로 서둘러 달려갔다.

이제 아프로디테는 그녀의 아버지 제우스를

방문하고 막 들어왔고, 아레스가 집 안으로 들어왔을 때 막 앉으려 하고 있었으니, 그가 그녀의 손을 붙잡고 이렇게 말했다.

"우리가 헤파이스토스의 침상으로 갑시다. 그는 집에 없고, 야만적인 말을 쓰는 신티아인들 사이에 있는 렘노스로 떠났습니다."

그녀는 전혀 내키지 않았으므로, 그들은 그들의 휴식을 취하기 위해 침상으로 갔고, 그 결과 그들은 교활한 헤파이스토스가 그들을 위해 펼쳐두었던 그 올가미들에 붙잡혔고, 일어설 수도 손이나 발을 움직일 수도 없었지만, 너무 늦게 그들이 함정에 빠졌다는 것을 발견했다. 그런 다음 헤파이스토스가 그들에게 다가왔으니, 왜냐하면 그의 정찰병인 태양이 무슨 일이 일어나고 있는지 그에게 말해주었을 때 그는 렘노스에 도착하기 전에 되돌아 온 것이었다. 그는 맹렬한 격정에 휩싸여 현관에 서서 모든 신들에게 끔찍한 소리로 외쳤다.

"아버지 제우스여!" 그가 외쳤습니다. "그리고 영원히 사는 다른 모든 축복받은 신들이여! 여기로 와서 제가 당신들에게 보여줄 그 우스꽝스럽고 수치스러운 광경을 보십시오. 제우스의 딸 아프로디테는 제가 절름발이라는 이유로 항상 저를 멸시해 왔습니다. 그녀는 잘생기고 흠없는 아레스와 사랑에 빠졌습니다. 반면에 저는 불구입니다. 그러나 그것은 저의 부모님들의 잘못이지 저의 잘못은 아닙니다. 그들은 결코 저를 낳지 말았어야 했습니다! 와서 나의 침대 위에서 함께 잠들어 있는 그 한 쌍을 보십시오. 그들을 보는 것이 저를 격노하게 만듭니다. 그들은 서로를 사랑하지만, 저는 그들이 할 수 있는 한 더 오래 거기 누워 있을 것이라고 생각하지 않고, 저는 그들이 많이 잠들 것이라고 생각하지도 않습니다. 그러나 그녀의 아버지가 짐스러운 딸을 위해 제가 그에게 주었던 금액을 저에게 갚을 때까지 그들은 거기에 머물러 있을 것입니다. 그녀는 아름답지만 정직하지 않습니다."

이것에 신들이 헤파이스토스의 집으로 모였다. 땅을 둘러싸는 포세이돈이 왔고, 행운을 가져오는 헤르메스, 그리고 왕 아폴론도 왔다. 그러나 여신들은 모두 수치심 때문에 집에 머물렀다. 그런 다음 축복받은 신들은 문간에 섰고, 그 축복받은 신들은 그들이 교활한 헤파이스토스가 얼마나 교활했는지 보았을 때 꺼지지 않는 웃음으로 포효했고, 그 결과 어떤 이가 그의 이웃에게 돌아서며 말했다.

"악한 행동들은 번성하지 않고 약한 자가 강한 자를 제압하는구나. 절름발이인 헤파이스토스가 하늘에서 가장 빠른 신인 아레스를 어떻게 잡았는지 보십시오. 그리고 이제 아레스는 무거운 배상금을 치르게 될 것입니다."

이렇게 그들이 대화했지만, 왕 포세이돈은 그것을 모두 진지하게 받아들이고 헤파이스토스에게 계속 간청하여 아레스를 다시 풀어주라고 했다.

"그를 보내주십시오." 그가 외쳤다. "그러면 제가 당신이 요구하는 대로 그가 불멸의 신들 사이에서 합리적이라고 여겨지는 모든 배상금을 지불할 것이라고 약속하겠습니다."

"그는 요구는 하지 마십시오." 헤파이스토스가

대답했다. "악인의 채권은 악한 담보일 뿐입니다. 만약 아레스가 그의 사슬들과 함께 그의 빚들을 뒤에 남겨두고 간다면 제가 당신에게 어떤 해결책을 강요할 수 있겠습니까?"

"헤파이스토스," 포세이돈이 말했다. "만약 아레스가 그의 배상금을 지불하지 않고 간다면 제가 직접 당신에게 지불하겠습니다."

그래서 헤파이스토스가 대답했다.

"그렇다면 나는 당신을 거절할 수도, 거절해서도 안 되겠군요."

그 위에 그는 그들을 묶었던 사슬을 풀었고, 그들이 자유로워지자마자 그들은 재빨리 달아났다. 아레스는 트라키아로 향했고, 웃음을 사랑하는 아프로디테는 키프로스와 파포스로 향했다. 그곳에는 그녀의 숲과 불타는 제물의 향기

가득한 제단이 있다. 여기 우아함의 여신들이 그녀를 씻기고, 불멸의 신들이 사용하는 것과 같은 암브로시아의 기름을 발라주었으며, 그들은 가장 매혹적인 아름다움의 옷으로 그녀를 입혔다.

음유시인이 이렇게 노래했고, 오디세우스와 바다를 항해하는 페아키아인들은 모두 매료되었다.

그런 다음 알키노우스는 라오다마스와 할리우스에게 홀로 춤추라고 명했다. 왜냐하면 그들과 경쟁할 사람이 아무도 없었기 때문이다. 그래서 그들은 폴뤼부스가 그들을 위해 만들었던 붉은 공 하나를 들고, 그들 중 한 명이 뒤로 몸을 뒤로 젖혀 그것을 구름들을 향해 던졌고, 다른 한 명이 땅에서 뛰어올라 그것이 다시 내려오기 전에 가볍게 그것을 잡았다. 그들이 공을 곧바로 공중으로 던지는 것을 마쳤을 때, 그들은 춤추기 시작했고 동시에 그것을 서로에게 앞뒤로 계속 던졌다. 한편, 원 안에 있는 모든 젊은이들은 박수를 보내고 그들의 발로 땅을 울렸다. 그때 오디세우스가 말했다.

"알키노우스 왕이시여, 당신은 당신의 백성들이 세상에서 가장 민첩한 춤꾼들이라고 말했고, 실제로 그들은 그렇게 증명했습니다. 저는 그들이 춤추는 것을 보았을 때 놀랐습니다."

왕은 이것에 기뻐했고, 페아키아인들에게 외쳤다.

"장로들과 읍 의원들이여, 우리의 손님은 특별한 판단력을 가진 사람처럼 보입니다. 그에게 그가 합리적으로 기대할 수 있는 그런 우리의 환대의 증거를 우리가 주게 합시다. 당신들 중에는 열두 명의 주요한 사람들이 있고, 저를 세면 열세 명입니다. 당신들 각자가 깨끗한 망토, 셔츠, 그리고 고운 황금 달란트 하나를 기부하십시오. 이 모든 것을 함께 그에게 주어 그가 그의 저녁 식사를 할 때 그가 마음 편히 그렇게 할 수 있도록 말입니다. 에우뤼알루스에 대해서는, 그는 공식적인 사과와 선물도 해야 할 것입니다. 왜냐하면 그가 무례했기 때문입니다."

그는 이렇게 말했고, 다른 사람들은 모두 그의 말에 박수를 보냈고 기부자들의 하인들을 보내 선물들을 가져오게 했다. 그런 다음 에우뤼알루스가 말했다.

"알키노우스 왕, 저는 당신이 요구하는 모든 만족을 이방인에게 줄 것입니다. 이 검을 그에게 드리겠습니다. 그것은 손잡이를 제외하고는 청동입니다. 손잡이는 은입니다. 저는 또한 그에게 그것이 맞는 새로 켠 상아의 칼집을 줄 것입니다. 그것은 그에게 큰 값어치가 될 것입니다."

그는 검을 오디세우스의 손에 쥐어 주며 말했다.

"행운이 있기를, 아버지 이방인이여! 만약 어떤 것이 잘못 말해졌다면 바람에 실려 사라지기를! 그리고 하늘이 당신에게 안전한 귀환을 허락해주기를 바랍니다. 왜냐하면 저는 당신이 오랫동안 집에서 떨어져 있었고 많은 고난을 겪었다고 이해하기 때문입니다."

이에 대해 오디세우스가 대답했다.

"당신에게도 행운이 있기를, 나의 친구여! 그리고 신들이 당신에게 모든 행복을 허락해주기를 바랍니다. 당신이 저에게 당신의 사과와 함께 준 검을 후회하지 않기를 바랍니다."

이 말들과 함께 그는 어깨에 검을 찼고, 해 질 녘쯤 선물들이 속속 도착했다. 하인들이 알키노우스 왕의 집으로 그것들을 가져왔다. 여기서 그의 아들들이 그것들을 받았고, 그들의 어머니의 보살핌 아래에 그것들을 놓았다. 그런 다음 알키노우스가 집으로 길을 이끌었고 그의 손님들에게 자리들을 차지하라고 명령했다.

"아내여," 그가 아레테 여왕에게 돌아서며 말했다. "가서 우리가 가진 가장 좋은 궤짝을 가져와, 그 안에 깨끗한 망토와 셔츠를 넣어라. 또한 불 위에 놋쇠 통을 놓고 물을 데워라. 손님께서 따뜻한 목욕을 할 것이다. 또한 고귀한 페아키아인들이 그에게 만들어준 선물들을 정성껏 싸 두시오. 그러면 저녁 식사와 뒤따를 노래 모두를 더 잘 즐길 것이다. 나 자신이 그에게 이 황금 잔을 줄 것이다. 그것은 절묘한 세공품이다. 그래서 그가 제우스나 어떤 신들에게 제주를 바칠 때마다 그가 나를 기억할 수 있도록 말이다."

그런 다음 아레테는 그녀의 하녀들에게 그들이 할 수 있는 한 빠르게 불 위에 큰 삼각대 하나를 놓으라고 말했고, 그 위에 그들은 목욕물로 가득 찬 삼각대 하나를 밝은 불 위에 놓았다. 그들은 그것이 불꽃을 일으키도록 막대기들을 그 위로 던졌고, 불꽃이 삼각대의 배 주위로 놀면서 물은 뜨거워졌다. 그동안 아레테는 그녀 자신의 방에서 웅장한 궤짝 하나를 가져왔고, 그 안에는 그녀는 페아키아인들이 가져왔던 모든 아름다운 금과 의류의 선물들을 포장했다. 마지막으로 그녀는 알키노우스로부터 온 망토와 좋은 셔츠를 더하고 오디세우스에게 말했다.

"뚜껑을 직접 덮고, 그리고 당신이 당신의 배에서 잠자는 동안 어떤 사람이 약탈할까 봐 두려워 곧바로 그 전체를 끈으로 묶으십시오."

오디세우스가 이것을 들었을 때, 그는 궤짝 위에 뚜껑을 놓고 키르케가 그에게 가르쳐주었던 끈으로 그것을 단단히 묶었다. 그는 상급 하인이 그에게 목욕을 하러 오라고 말하기 전에 그렇게 했다. 그는 따뜻한 목욕을 매우 기뻐했으니, 왜냐하면 그가 칼립소의 집을 떠난 이래로 그를 시중들 사람이 아무도 없었기 때문이다. 칼립소는 그와 함께 머무르는 동안 그가 마치 신처럼 그를 잘 보살폈다. 하인들이 그를 씻기고 기름을 바른 뒤, 그리고 그에게 깨끗한 망토와 셔츠를 주었을 때, 그는 목욕실을 떠나 그들의 포도주 위에서 앉아 있던 손님들 사이로 들어갔다. 사랑스러운 나우시카는 회랑의 지붕을 지탱하는 버팀목들 중 하나 옆에 서 있었고, 그가 지나가는 것을 보았을 때 그에게 감탄했다.

“잘 가시오, 이방인이여.” 그녀가 말했다. “당신이 다시 무사히 고향에 이르거든 저를 잊지 마십시오. 왜냐하면 당신의 목숨을 구원한 것 때문에 당신은 저에게 처음으로 몸값을 빚졌기 때문입니다.”

그리고 오디세우스가 말했다.

“위대한 알키노우스의 딸, 나우시카여! 헤라의 강력한 남편인 제우스가 제가 집에 무사히 도달하기를 허락해주시기를 바랍니다. 그렇게 저는 제가 사는 모든 날 동안 저의 수호천사로서 당신을 축복할 것입니다. 왜냐하면 저를 구원한 것은 바로 당신이었기 때문입니다.”

그가 이 말을 했을 때, 그는 알키노우스 옆에 자리를 잡았다. 그런 다음 저녁 식사가 차려졌고, 포도주는 마시기 위해 섞여졌다. 한 하인이 총애받는 음유시인 데모도쿠스를 안으로 이끌었고, 회랑을 지탱하는 버팀목들 중 하나 옆에 그가 그것에 기대어 있을 수 있도록 그를 손님들 한가운데에 놓았다. 그런 다음 오디세우스는 지방이 많은 구운 돼지고기 한 조각을 잘라냈다. (왜냐하면 그 관절 위에 풍부하게 남아 있었기 때문이다.) 그리고 하인에게 말했다.

"이 돼지고기 조각을 데모도쿠스에게 가져가서 그에게 그것을 먹으라고 말하라. 그의 노래들이 저에게 야기할 수도 있는 모든 고통에 대해 저는 그에게 같은 경의로 답하겠다. 음유시인들은 온 세상에서 존경과 공경을 받는다. 왜냐하면 뮤즈가 노래들을 가르치고 그들을 사랑하기 때문이다."

그 하인은 그의 손가락들로 돼지고기를 데모도쿠스에게 날랐고, 그는 그것을 받아 매우 기뻐했다. 그런 다음 그들은 앞에 놓인 음식에 손을 대었고, 그들이 먹고 마시는 것에 충분히 배가 부르자마자, 오디세우스가 데모도쿠스에게 말했다.

"데모도쿠스, 제가 당신을 존경하는 것보다 더 존경하는 사람은 세상에 아무도 없습니다. 당신은 뮤즈, 제우스의 딸 그리고 아폴론 아래에서 공부했음에 틀림없습니다. 당신이 아카이아인들의 귀환과 그들의 모든 고통들과 모험들을 얼마나 정확하게 노래하는지 말입니다! 만약 당신이 거기에 직접 있지 않았다면, 당신은 거기에 있었던 어떤 사람으로부터 그 모든 것을 들었음에 틀림없습니다. 그러나 이제 당신의 노래를 바꾸고, 에페우스가 아테나의 도움으로 만들었고, 오디세우스가 그 후 도시를 약탈했던 사람들을 그 안에 실어 계략으로 트로이의 요새 안으로 넣었던 그 나무 말에 대해 우리에게 말해주십시오. 만약 당신이 이 이야기를 올바르게 노래한다면, 저는 세상 모두에게 하늘이 당신에게 얼마나 큰 재능을 부여했는지 말할 것입니다."

하늘의 영감을 받은 음유시인은 이야기의 실마리를 잡았으니, 어떤 아르고스인들이 그들의 천막들에 불을 지르고 항해를 떠나는 한편, 다른 이들은 말 속에 숨어 오디세우스와 함께 트로이의 집회 장소에서 기다리고 있던 그 장면에서였다. 왜냐하면 트로이인들 자신은 그 말을 그들의 요새 안으로 끌어들였고, 그것은 그들이 그 주위에 회의에 앉아 있는 동안 거기에 서 있었고, 그들이 무엇을 해야 할지에 대해 세 가지 생각 사이에서 갈팡질팡했다. 어떤 이들은 그것을 그때 그곳에서 부수자고 했고, 다른 이들은 그것이 서 있던 요새 위의 바위 꼭대기까지 끌려가 그런 다음 그 절벽 아래로 던져지게 하라고 원했으며, 그러나 다른 이들은 그것이 신들을 위한 제물이자 달램이 되도록 내버려두자고 했다. 그리고 이것이 그들이 결국 그것을 정착시킨 방법이었으니, 왜냐하면 그 도시가 그 말을 받아들였을 때 그것은 운명 지어졌기 때문이다. 그 말 안에는 트로이인들에게 죽음과 파괴를 가져오기 위해 기다리고 있던 가장 용감한 아르고스인들이 있었다. 곧 그는 아카이아인들의 아들들이 어떻게 말에서 나와 도시를 약탈했는지, 그들의 매복에서 터져

나왔는지 노래했다. 그는 그들이 도시를 여기저기 휩쓸고 그것을 황폐하게 만들었고, 오디세우스가 메넬라우스와 함께 아레스처럼 격노하며 데이포부스의 집으로 갔다고 노래했다. 그곳에서 싸움이 가장 맹렬하게 격노했었지만, 그럼에도 불구하고 아테나의 도움으로 그는 승리했다.

이 모든 이야기를 들으며, 오디세우스는 마음이 압도되어 뺨을 눈물로 적셨다. 그는 어떤 여인이 그녀의 남편의 시신 위에 몸을 던질 때 울듯이 울었다. 그의 남편은 그의 자신의 도시와 백성들 앞에서, 그의 집과 아이들을 방어하며 용감하게 싸우다 쓰러졌다. 그녀는 크게 비명을 지르고, 그가 숨을 헐떡이고 죽어가는 동안 그의 주위로 그녀의 팔을 던지지만, 그녀의 적들은 그녀를 뒤에서 등과 어깨 주위를 때리고, 그녀를 노예 생활로, 노고와 슬픔의 삶으로 끌고 간다. 그리고 그녀의 뺨에서 아름다움이 사라진다. 그렇게 가련하게 오디세우스는 울었지만, 그곳에 있던 그들 중 아무도 그의 눈물들을 감지하지 못했다. 알키노우스가 그는 그의 옆에 앉아 있었고 그가 내쉬고 있던 흐느낌과 한숨들을 들을 수 있었다.

왕은 따라서 즉시 일어나 말했다.

"페아키아인들의 장로들과 읍 의원들이여, 데모도쿠스는 그의 노래를 멈추게 합시다. 왜냐하면 거기에 그것을 좋아하지 않는 것처럼 보이는 사람들이 있기 때문입니다. 우리가 저녁 식사를 마친 순간부터 데모도쿠스가 노래하기 시작했을 때까지, 우리의 손님은 내내 신음하고 한탄하고 있습니다. 그는 분명히 큰 근심을 지니고 있는 것입니다. 그러니 음유시인은 멈추게 합시다.

그래서 우리 모두, 주인들과 손님들 모두 즐거운 시간을 가질 수 있도록 말입니다. 이것이 마땅히 그래야 하는 것보다 훨씬 더 좋을 것입니다. 왜냐하면 이 모든 축제들은 우리가 그토록 좋은 뜻으로 만들고 있는 호위와 선물들과 함께 완전히 그를 위한 것이기 때문이고, 올바른 분별을 가진 사람이라면 손님과 간청자를 마치 자신의 형제처럼 대해야 한다는 것을 알기 때문입니다. 그러므로 경, 당신의 편에서는 제가 당신에게 물을 문제에 대해 더 이상 어떤 숨김이나 망설임 없이 답해 주십시오. 솔직히 말하는 것이 예의 바른 행동일 것입니다. 당신의 아버지와 어머니가 당신을 저기 멀리서 어떤 이름으로 부르곤 했는지, 그리고 당신이 당신의 이웃들과 동료 시민들 사이에서 어떤 이름으로 알려졌었는지 저에게 말해주십시오. 부자든 가난한 사람이든 어떤 이름도 없이 완전히 지내는 사람은 아무도 없습니다. 사람들의 아버지와 어머니들은 그들이 태어나자마자 그들에게 이름들을 주니까요. 또한 당신의 나라, 민족 그리고 도시를 저에게 말해주십시오. 그래서 우리의 배들이 그에 따라 그들의 목적을 형성하고 당신을 그곳으로 데려갈 수 있도록 말입니다. 페아키아인들은 조타수들이 없습니다. 그들의 배들은 다른 민족들의 배들이 가진 것처럼 키가 없습니다. 그러나 배들 그 자체가 우리가 생각하고 원하는 것이 무엇인지 이해합니다. 그들은 온 세상의 모든 도시들과 나라들을 알고, 바다가 안개와 구름으로 덮여 있을 때조차도 바다를 똑같이 잘 횡단할 수 있습니다. 그래서 난파되거나 어떤 해악을 입을 위험이 없습니다. 그러나 저는 저의 아버지가 포세이돈이 사람들에게 호위대를 주는 문제에 대해 우리가 너무 쉬이 넘어가는 것에 대해 화가 났다고 말하는 것을 들었던 것을 기억합니다. 그는 언젠가 그가 어떤 사람을 호위한 후 돌아오는 우리의 배 한 척을 난파시키고, 우리의 도시를 높은 산 아래에 묻을 것이라고 말했습니다. 이것이 저의 아버지가 말하곤 했던 것이지만, 그 신이 그의 위협을 수행할지 말지는 그가 스스로 결정할 문제입니다. 그리고 이제 저에게 말해주시고 진실을 말해주십시오. 당신은 어디를 방황하고 있었고, 어떤 나라들에서 여행했습니까? 우리에게 백성들 그들 자신에 대해, 그리고 그들의 도시들에 대해 말해주십시오. 누가 적대적이었고, 야만적이고, 문명화되지 않았고, 누가 반면에 환대하고,

인간적이었는지 말입니다. 또한 왜 당신은 트로이에서 아르고스인 다나오스인들의 귀환에 대해 듣는 것에 그렇게 괴로워했는지 우리에게 말해주십시오. 신들이 이 모든 것을 질서지어, 미래 세대들이 노래할 어떤 것을 가질 수 있도록 그들에게 그들의 고난을 보냈습니다. 당신이 트로이 앞에 있었을 때 당신의 아내의 어떤 용감한 친척을 잃었습니까? 사위나 장인 말입니다. 그것들은 사람이 그의 자신의 살과 피 외에 가지는 가장 가까운 친척들입니다. 혹은 그것은 어떤 용감하고 친절한 성품의 동료였습니까? 왜냐하면 선한 친구는 그 자신의 형제만큼이나 사람에게 소중하기 때문입니다."

9

키콘, 연꽃 먹는 이 그리고 키클롭스 폴리페무스

오디세우스가 입을 열었다.

"알키노우스 왕이시여, 이 분처럼 신성한 목소리를 가진 음유시인의 노래를 듣는 것은 정말 즐거운 일입니다. 모든 백성이 함께 기뻐하고 손님들이 질서 정연하게 앉아 듣는 동안, 식탁은 빵과 고기로 가득 차고 시중드는 이가 모두의 잔에 포도주를 가득 채워주는 것보다 더 좋거나 즐거운 일은 없습니다. 이것은 실로 인간이 볼 수 있는 가장 아름다운 광경이라고 할 수 있습니다."

그러나 말을 이었습니다.

"하지만 왕께서 이제 저의 슬픈 사연을 묻고, 저의 가슴 깊이 묻어 두었던 아픈 기억들을 다시 불러일으키려 하시니, 제가 어떻게 시작해야 할지, 혹은 어떻게 이야기를 계속하고 끝맺어야 할지 모르겠습니다. 하늘의 손길이 저에게 너무도 무겁게 내려앉아 있었기 때문입니다."

"먼저 저의 이름을 왕께 아뢰겠습니다. 그러면 왕께서도 저를 아시게 될 것이고, 언젠가 제가 이 슬픔의 시간을 견뎌 살아남는다면, 비록 왕과 제가 서로 멀리 떨어져 살더라도 왕께서 저의 손님이 되실 수 있도록 말입니다. 저는 라에르테스의 아들 오디세우스입니다. 저는 온갖 종류의 교활함으로 인간들 사이에서 유명하며, 저의 명성이 하늘에까지 이르고 있습니다. 저는 이타카에 삽니다. 그곳에는 숲으로 덮인 네리툼이라는 높은 산이 있습니다. 그리고 그곳에서 멀지 않은 곳에 아주 가까이 붙어 있는 섬들의 무리가 있습니다. 듈리키움, 사메 그리고 숲이 우거진 자퀸투스 섬입니다. 이타카는 수평선 위에서 웅크린 채 해 질 녘을 향해 바다에서 가장 높이 솟아 있으며, 다른 섬들은 새벽을 향해 그곳에서 멀리 떨어져 있습니다. 이타카는 거친 섬이지만 용감한 사람들을 길러냈습니다. 제 눈에는 이 섬보다 더 사랑스러운 곳이 세상에 없습니다. 여신 칼립소는 저를 그녀의 동굴에 붙잡아두었고 저와 결혼하기를 원했고, 교활한 아이아이아의 여신 키르케도 마찬가지였습니다. 그러나 그들 둘 중 아무도 저를 설득할 수 없었습니다. 왜냐하면 사람에게는 자신의 나라와 부모님보다 더 소중한 것은 아무것도 없고, 비록 그가 외국에서 아무리 화려한 집을 가졌더라도, 만약 그것이 아버지나 어머니로부터 멀리 있다면 그는 그것에 대해 신경 쓰지 않기 때문입니다. 그러나 이제 저는 제우스의 뜻에 의해 제가 트로이에서 돌아오는 길에 겪었던 수많은 위험한 모험들에 대해 당신에게 말하겠습니다."

"제가 거기서 항해를 시작했을 때, 바람이 저를 먼저 키콘인들의 도시인 이스마루스로 데려갔습니다. 거기서 저는 도시를 약탈하고 백성들을 칼로 죽였습니다. 우리는 그들의 아내들과 많은 전리품들을 취했고, 그것을 공정하게 나누어 아무도 불평할 이유가 없도록 했습니다. 그런 다음 저는 우리가 즉시 멀리 가는 것이 더 좋다고 말했지만, 부하들은 매우 어리석게도 복종하지 않았습니다. 그래서 그들은 거기서 많은 포도주를 마시고, 해변에서 많은 양의 양과 소들을 죽이며 머물렀습니다. 그동안 키콘인들은 내륙에 살았던 다른 키콘인들에게 도움을 청하며 외쳤습니다. 이들은 수에서 더 많고 더 강했으며, 그들은 전쟁의 기술에 더 숙련되어 있었습니다. 왜냐하면 그들은 상황에 따라 전차에서든 걸어서든 싸울 수 있었기 때문입니다. 그러므로 아침에 그들은 여름에 잎들과 꽃들처럼 빽빽하게 몰려왔고, 하늘의 손은 우리에게 반대하고 있었고, 그래서 우리는 심하게 압박받았습니다. 그들은 배들 근처에 전투 대형을 세웠고, 군대들은 서로에게 청동 덧댄 창들을 겨냥했습니다. 낮이 밝아오고 아직 아침이었던 동안, 그들이 우리보다 수에서 더 많았음에도 불구하고 우리는 그들에게 맞서 버텼습니다. 그러나 해가 기울고, 사람들이 그들의 소들을 풀어주는 시간에 가까워질 때, 키콘인들이 우리보다 우세했고, 우리는 각 배에서 대여섯 명의 사람들을 잃었습니다. 그래서 우리는 남겨진 사람들과 도망쳐 나올 수밖에 없었습니다."

"그런 다음 우리는 우리의 가슴에 슬픔을 품은 채 앞으로 항해했습니다. 비록 우리의 동료들을 잃었지만 죽음을 피한 것에 기뻐하며, 우리는 키콘인들의 손에 쓰러진 그 불쌍한 친구들 각자에게 세 번 부르짖기 전에는 떠나지 않았습니다. 그런 다음 제우스가 우리에게 맞서 북풍을 일으켰으니, 그것이 허리케인처럼 불 때까지였습니다. 그래서 육지와 하늘이 두꺼운 구름들 속에 숨겨졌고, 밤이 하늘들로부터 튀어나왔습니다. 우리는 배들이 돌풍 앞에서 달리게 내버려두었지만, 바람의 힘이 우리의 돛들을 갈갈이 찢었고, 그래서 우리는 난파를 두려워하여 그것들을 내리고 땅을 향해 우리의 가장 힘센 노로 배를 저었습니다. 거기서 우리는 노고와 마음의 고통으로부터 똑같이 많이 고통받으며 이틀 밤낮을 누워 있었지만, 세 번째 날 아침에 우리는 다시 우리의 돛대를 올리고, 돛을 달고, 우리의 자리들을 잡았고, 바람과 조타수들이 우리의 배를 지시하게 했습니다. 제가 말레아 곶을 돌아나가는 동안 북풍과 조류가 저를 거슬러 불지 않았다면 그때 무사히 집에 돌아왔을 텐데, 그리고 그것들은 저를 퀴테라 섬 옆에서 저의 항로로부터 벗어나게 하여 멀리 밀어냈습니다."

"저는 거기서부터 아홉 날 동안 바다 위로 불길한 바람에 의해 몰아붙여졌지만, 열 번째 날에 우리는 연꽃 먹는 이들의 땅에 도착했습니다. 그들은 한 종류의 꽃에서 나오는 음식을 먹고 사는 자들이었습니다. 여기 우리는 신선한 물을 얻기 위해 상륙했고, 우리의 선원들은 배들 근처의 해변에서 그들의 한낮의 식사를 했습니다. 그들이 먹고 마셨을 때, 저는 부대들 중 두 명을 보내 그곳의 백성들이 어떤 종류의 사람들인지 보게 했습니다. 그들 아래 한 사람을 더 붙였습니다. 그들은 즉시 출발했고, 연꽃 먹는 이들 사이에서 돌아다녔습니다. 그들은 그들에게 어떤 해악도 하지 않았지만, 그들에게 연꽃을 먹게 했으니,

그것은 너무나 맛있어서 그것을 먹었던 사람들은 고향에 대해 신경 쓰는 것을 그만두었고, 무슨 일이 그들에게 일어났는지 다시 돌아가 말하고 싶어 하지도 않았습니다. 그들은 거기에 머물러 연꽃을 먹으면서 그들의 귀환에 대해 더 이상 생각하지 않으려 했습니다. 그럼에도 불구하고, 비록 그들이 쓰라리게 울었지만, 저는 그들을 배들로 다시 강제로 데려왔고, 그들을 벤치들 아래에 단단히 묶었습니다. 그런 다음 저는 나머지 사람들에게 즉시 배에 올라타라고 말했습니다. 그들 중 어떤 사람이 연꽃을 맛보고 집에 가고 싶어하는 것을 그만둘까 봐 두려워서 말입니다. 그래서 그들은 자리를 잡고 회색 바다를 노로 저었습니다."

"우리는 여기서부터 항상 많은 고통 속에, 무법적이고 비인간적인 키클롭스들의 땅에 도착할 때까지 항해했습니다. 키클롭스들은 곡식을 심지도 쟁기질하지도 않지만, 섭리를 믿고 어떤 종류의 경작도 없이 야생으로 자라는 그런 밀, 보리 그리고 포도들을 먹고 삽니다. 그리고 그들의 야생 포도들은 태양과 비가 그들을 자라게 하는 대로 그들에게 포도주를 내어 줍니다. 그들은 어떤 법도, 혹은 백성들의 집회도 없습니다. 그러나 높은 산들의 정상들 위에 있는 동굴들에서 살고 있습니다. 각자는 그의 가족에서 영주이자 주인이고, 그들은 이웃들을 돌보지 않습니다."

"저는 부하들에게 배를 해변에 대고 그들이 있던 곳에 머무르라고 말했으며, 그들 중 가장 훌륭한 열두 명만 빼고는 저와 함께 가야 했습니다. 저는 또한 이스마루스의 수호신인 아폴론의 사제였고 신전의 숲이 우거진 경내 안에서 살았던 에우안테스의 아들 마론이 저에게 주었던 달콤한 검은 포도주 한 병을 가져갔습니다. 우리는 곧 그의 동굴에 도착했지만, 그는 목축하러 나가 있었습니다. 그래서 우리는 안으로 들어가서 우리가 볼 수 있는 모든 것을 살폈습니다. 그의 치즈 선반들은 치즈들로 가득 차 있었고, 그의 우리에 담을 수 있는 것보다 더 많은 어린 양들과 새끼 염소들을 거느리고 있었습니다. 그들이 이 모든 것을 보았을 때, 부하들은 저에게 먼저 치즈들을 몇 개 훔치게 하고, 그것들을 가지고 배로 달아나게 해달라고 간청했습니다. 그들은 그런 다음 돌아와 어린 양들과 새끼 염소들을 아래로 몰고, 그들을 배에 태우고 떠나자는 것이었습니다. 만약 우리가 그렇게 했더라면 정말 더 좋았을 것입니다. 그러나 저는 그들의 말을 듣지 않았습니다. 왜냐하면 그가 저에게 선물을 줄 수도 있다는 희망 속에서 그 주인 자신을 보고 싶었기 때문입니다. 그러나 우리가 그를 보았을 때, 저의 불쌍한 부하들은 그를 상대하기 힘든 사람이라는 것을 알게 되었습니다."

"우리는 불을 지피고, 희생 제물로 치즈들 중 일부를 바치고, 그들 중 다른 것들을 먹고, 키클롭스가 그의 양들과 함께 들어올 때까지 기다리며 앉아 있었습니다. 그가 왔을 때, 그는 그의 저녁 식사를 위해 불을 지필 마른 장작의 거대한 짐을 그와 함께 가져왔고, 그는 이것을 동굴의 바닥 위로 큰 소리를 냈습니다. 우리는 그 동굴의 가장 깊숙한 곳으로 두려움에 숨었습니다. 그동안 그는 젖을 짜려 했던 암염소들뿐만 아니라 모든 암양들도 안으로 몰아넣었고, 수컷들, 즉

숫양들과 수염소들 둘 다는 마당들 밖에 남겨두었습니다. 그런 다음 그는 동굴의 입구로 거대한 돌 하나를 굴렸습니다. 그토록 거대해서 스물두 대의 강한 네 바퀴 수레들도 그 문 옆의 그 장소에서 끌어내기에는 충분하지 않았을 것입니다. 그가 그렇게 했을 때, 그는 앉아서 암양들과 염소들의 젖을 짰습니다. 모두 제때에, 그리고 그런 다음 그들 각자에게 그들 자신의 새끼들을 가지게 했습니다. 그는 우유의 절반을 엉기게 하고 버드나무 체들 속에 그것을 옆에 놓았지만, 다른 절반은 그가 저녁 식사를 위해 마실 수 있도록 잔들에 부었습니다. 그가 모든 일을 마쳤을 때, 그는 불을 지폈고, 그런 다음 우리를 발견했고, 입을 열었습니다."

'이방인들이여, 당신들은 누구입니까? 어디에서

항해해 왔는가? 당신들은 상인들입니까, 혹은 모든 사람에게 맞서는 당신들의 손으로 약탈자들처럼 바다를 항해합니까. 그대들에게 맞서는 자들 또한 그러한 손으로 응답합니까?'

"우리는 그의 시끄러운 목소리와 괴물 같은 모습에 정신을 잃을 정도로 두려워했습니다. 그러나 저는 간신히 말했습니다. '우리는 트로이에서 집으로 가는 길에 있는 아카이아인들입니다. 그러나 제우스의 뜻과 악천후 때문에 우리는 우리의 항로에서 멀리 벗어났습니다. 우리는 아트레우스의 아들 아가멤논의 백성들입니다. 그는 그렇게 큰 도시를 약탈하고 그렇게 많은 사람들을 죽임으로써 온 세상에 걸쳐 끝없는 명성을 얻었습니다. 따라서 우리는 당신에게 약간의 환대를 보여주시고,

방문객들이 합리적으로 기대할 수 있는 그런 선물들을 우리에게 주기를 겸손하게 기도합니다. 당신의 탁월함이 하늘의 분노를 두려워하기를 바랍니다. 왜냐하면 우리는 당신의 간청자들이고, 제우스는 모든 존경할 만한 여행자들을 그의 보호 아래에 두기 때문입니다. 왜냐하면 그는 모든 간청자들과 고통 속에 있는 외국인들의 복수자이기 때문입니다.' "

"이에 대해 그는 저에게 어떤 무자비한 대답도 주지 않았습니다. '이방인이여,' 그가 말했습니다. '당신은 바보이거나 혹은 그렇지 않으면 이 나라에 대해 아무것도 모릅니다. 신들을 두려워하거나 그들의 분노를 피하는 것에 대해 저에게 말한다고요? 우리 키클롭스들은 제우스나 당신의 어떤 축복받은 신들에 대해 신경 쓰지 않습니다.

왜냐하면 우리는 그들보다 훨씬 더 강하기 때문입니다. 저는 당신이나 당신의 동료들을 제우스에 대한 어떤 존중 때문에 아끼지 않을 것입니다. 제가 그렇게 하려는 기분일 때가 아니라면 말입니다. 그리고 이제 당신이 육지에 왔을 때 어디에 당신의 배를 단단히 묶었는지 저에게 말해주십시오. 그것은 곶 주위였습니까, 아니면 해안 가까이에 내려놓았습니까?' "

"그는 저를 끌어내려고 이것을 말했지만, 저는 그런 식으로 잡히기에는 너무 교활했습니다. 그래서 저는 거짓말로 대답했습니다. '포세이돈이 당신의 나라의 가장 먼 끝에 저의 배를 보냈고 바위에 난파시켰습니다. 우리는 열린 바다에서 그것들에 몰려갔지만, 저와 함께 있는 사람들은 죽음의 문턱을 피했습니다.' "

"그 잔인한 괴물은 저에게 한 마디의 대답도 허락하지 않았지만, 갑작스러운 움켜쥠으로 그는 저의 부하들 중 두 명을 한 번에 움켜쥐고 그들을 마치 강아지들이었던 것처럼 땅에 내던졌습니다. 그들의 뇌가 땅 위에 흩뿌려졌고, 땅은 그들의 피로 젖었습니다. 그런 다음 그는 그들을 사지에서 사지로 찢어발겼고, 저녁 식사를 했습니다. 그는 황무지의 사자처럼 살, 뼈, 골수 그리고 내장들을 남기지 않고 게걸스럽게 먹어치웠습니다. 우리로 말하자면, 우리는 그렇게 끔찍한 광경을 보고 울고 하늘로 우리의 손들을 들어 올렸습니다. 왜냐하면 우리가 달리 무엇을 해야 할지 몰랐기 때문입니다. 그러나 키클롭스가 인간의 살점으로 거대한 배를 채우고, 희석되지 않은 우유 한 모금으로 씻어냈을 때, 그는 양들 사이에서 몸을 쭉 뻗고 잠자리에 들었습니다. 저는 처음에는 검을 잡고, 그것을 뽑아 그의 배속에 찔러 보고 싶었지만, 만약 제가 그렇게 한다면 우리 모두가 죽을 것임을 깨달았습니다. 왜냐하면 우리는 그 괴물이 문 앞에 놓아두었던 그 돌을 결코 옮길 수 없을 것이기 때문입니다. 그래서 우리는 아침이 올 때까지 우리가 있던 곳에서 흐느끼고 한숨 쉬며 머물렀습니다."

"장밋빛 손가락의 아이, 새벽이 나타났을 때, 그는 다시 그의 불을 지피고, 그의 염소들과 암양들의 젖을 짰습니다. 모두 아주 올바르게, 그리고 그런 다음 각자에게 그들 자신의 새끼들을 가지게 했습니다. 그가 그의 모든 일을 마치자마자, 그는 저의 부하들 중 두 명을 더 움켜쥐고 그의 아침 식사를 위해 그들을 먹기 시작했습니다. 현재 최대한 태연하게 문에서 돌을 굴려 치우고 그의 양들을 밖으로 몰아냈습니다. 그러나 그는 즉시 그것을 다시 놓아두었습니다. 마치 그가 화살들로 가득 찬 화살통 위에 뚜껑을 덮는 것처럼 쉽게 말입니다. 그가 그렇게 하자마자, 그는 소리쳤고, '쉬 쉬' 하고 그의 양들을 향해 외쳐 그들을 산으로 몰아붙였습니다. 그래서 그 자리에 남아 저는 복수를 취하고 저를 영광으로 덮을 어떤 방법을 계획하기 위해 궁리했습니다."

"결국 저는 다음과 같이 하는 것이 최선이라고 생각했습니다. 키클롭스는 한 마리의 양 우리들 근처에 누워 있던 거대한 곤봉 하나를 가지고 있었습니다. 그것은 푸른 올리브 나무로 만들어졌고, 그는 그것이 마르면 지팡이로 쓰려는 생각에 그것을 잘라놓았습니다. 그것은 너무나 거대해서 우리는 그것을 오직 큰 짐을 가진 열린 바다로 감히 나갈 수 있는 스무 개의 노가 달린 상선 한 척의 돛대와 비교할 수 있었습니다. 저는 이 곤봉에게로 가서 그것의 약 6피트를 잘라냈습니다. 그런 다음 이 조각을 부하들에게 주고 그것의 한쪽 끝을 고르게 다듬으라고 말했습니다. 그들은 그것을 계속했고, 마지막으로 제가 그것을 스스로 뾰족하게 만들고 그것을 더 단단하게 만들기 위해 불 속에서 끝을 그을렸습니다. 제가 이것을 했을 때, 그것을 배설물 아래에 숨겨두었습니다. 그것은 동굴 전체에 흩어져 있었습니다. 그리고 부하들에게 그들 중 누가 저와 함께 그것을 들어 그 괴물의 눈에 그가 잠들어 있는 동안 그것을 뚫어 박아 넣을 것인지 제비를 뽑으라고 말했습니다. 그 제비는 제가 선택했어야 할 바로 그 네 명에게 떨어졌고, 저

자신은 다섯 번째가 되었습니다. 저녁에 그 불쌍한 자가 목축에서 돌아왔고, 그의 가축 떼들을 동굴 안으로 몰아넣었습니다. 이번에는 그들 모두를 안으로 몰아넣고 마당들에는 아무도 남겨두지 않았습니다. 어떤 변덕이 그를 사로잡았는지, 아니면 어떤 신이 그렇게 하도록 부추겼는지 분명치 않았습니다. 그가 돌을 문 앞 제자리에 놓자마자, 그는 앉아 암양과 염소들의 젖을 모두 정성껏 짜고, 다시 각자의 새끼에게 젖을 물렸습니다. 모든 일을 마친 뒤, 그는 또다시 내 부하 두 명을 붙잡아 저녁 식사를 시작했습니다. 그래서 나는 아이비 나무 잔에 담긴 검은 포도주를 들고 그에게 다가갔습니다."

" '키클롭스여, 보십시오.' 내가 말했습니다. '당신은 이미 많은 인간의 살점을 먹었습니다.

그러니 이것을 받아 포도주를 좀 마셔 보십시오. 그러면 우리가 배에 싣고 다니던 술이 어떤 것인지 알게 될 것입니다. 저는 당신이 저에게 연민을 가지고 저를 집으로 가는 길로 재촉할 것을 바라며 이것을 당신에게 제주로 가져왔는데, 당신이 하는 모든 것은 참을 수 없을 만큼 으르렁거리고 미쳐 날뛰는 것 뿐입니다. 스스로 부끄러워해야 합니다. 만약 이렇게 사람들을 대한다면, 누가 다시 당신을 찾아 올 것이라 기대할 수 있겠습니까?' "

"그는 잔을 받아 마셨습니다. 포도주의 맛에 크게 기뻐한 그는 잔을 다시 가득 채워달라고 간청했습니다. '친절한 이여,' 그가 말했습니다. '더 주시오. 그리고 지금 당장 이름을 말해주시오. 그대가 기뻐할 만한 선물을 당신에게 주고 싶소. 우리 땅에도 포도주를 가지고 있습니다. 왜냐하면 우리의 흙이 포도들을 자라게 하고 태양이 그것을 익히기 때문이오. 그러나 이것은 넥타르와 암브로시아를 모두 한꺼번에 마시는 듯하오.' "

"나는 그에게 다시 부어 주었습니다. 세 번 그를 위해 잔을 채웠고, 세 번 그는 아무 생각없이 잔을 비웠습니다. 그런 다음 포도주가 그의 머릿속으로 완전히 스며든 것을 보았을 때, 나는 가능한 그럴듯하게 그에게 말했습니다. '키클롭스, 당신은 제 이름을 묻고 계시니 제가 알려 드리겠습니다. 그러니 저에게 당신이 저에게 약속했던 그 선물을 주십시오. 저의 이름은 노만입니다. 이것은 저의 아버지와 어머니 그리고 저의 친구들이 늘 저를 불렀던 이름입니다.' "

"그러나 그 잔인한 괴물이 말했습니다. '그렇다면 나는 노만의 동료들을 모두 먹을 것이고,

노만은 마지막으로 남겨둘 것이다. 이것이 내가 그에게 줄 점메추(점심 메뉴 추천)이다.' "

"그가 말하자, 그는 비틀거리고 얼굴이 위로 향하게 땅 위로 곤두박질쳤습니다. 그의 거대한 목이 뒤로 무겁게 축 늘어졌고, 깊은 잠이 그를 사로잡았습니다. 현재 그는 병들었고, 그가 탐스럽게 먹은 포도주와 인간의 살점들을 모두 토해냈습니다. 왜냐하면 그는 매우 취해 있었기 때문입니다. 그런 다음 저는 그 나무 들보를 불씨들 속으로 멀리 밀어 넣어 그것을 뜨겁게 하고, 그들 중 누군가 용기를 잃을까 봐 저의 부하들을 격려했습니다. 그 나무가 비록 푸르렀을지라도 불꽃을 일으키려 할 때, 저는 그것을 열기로 빛나는 불에서 꺼냈고, 저의 부하들은 저의 주위로 모였습니다. 왜냐하면 하늘이 그들의 심장들을 용기로 가득 채웠기 때문입니다. 우리는 그 들보의 날카로운 끝을 괴물의 눈 속으로 몰아넣었고, 저의 모든 무게로 그것을 누르며, 배의 판자에 나선형 송곳으로 구멍을 뚫는 것처럼 그것을 뱅글뱅글 돌렸습니다. 두 사람이 바퀴와 끈으로 그들이 원하는 만큼 오랫동안 돌릴 수 있는 것처럼 말입니다. 이렇게 우리는 붉게 달아오른 들보를 그의 눈에 뚫어 박았고, 끓는 피가 그것을 뱅글뱅글 돌리는 동안 그것 전체 위로 거품을 냈습니다. 그래서 타오르는 눈알에서 나오는 증기가 그의 눈꺼풀들과 눈썹들을 태웠고, 눈의 뿌리들이 불 속에서 지글거렸습니다. 대장장이가 도끼나 손도끼를 찬물 속으로 담가 그것을 단련시킬 때처럼 (그것이 철에 힘을 주기 때문이고, 그리고 그가 그렇게 하는 동안 큰 쉿 소리를 낼 때처럼)

그렇게 키클롭스의 눈이 올리브 나무 들보 둘레에서 쉬 소리를 냈고, 그의 끔찍한 울음소리들이 동굴을 다시 울리게 했습니다. 우리는 두려움에 달아났지만, 그는 눈에서 피로 뒤덮인 들보를 모두 뽑아냈고, 분노와 고통의 광기 속에서 그것을 멀리 내던졌습니다. 그가 그렇게 하면서, 그 근처의 황량한 곳들에 살았던 다른 키클롭스들에게 소리쳤습니다. 그래서 그들은 그가 우는 것을 들었을 때 그의 동굴 주위로 모든 지역들에서 모였고, 그에게 무슨 일이 있는지 물었습니다."

"'무슨 일인가, 폴리페무스?' 그들이 말했습니다. '너는 왜 그렇게 소음을 내고 밤의 고요함을 깨고 우리가 잠을 잘 수 없게 하는가? 확실히 어떤 사람이 너의 양들을 가지고 가는 것은 아닌가?

확실히 어떤 사람이 계략으로든 힘으로든 너를 죽이려 하는 것은 아닌가?' "

"그러나 폴리페무스가 동굴 안에서 그들에게 소리쳤습니다. '노만이 계략으로 나를 죽이고 있다! 노만이 힘으로 나를 죽이고 있다!' "

"그들이 말했습니다. '그러면, 만약 아무도 너를 공격하지 않는다면, 너는 아픈 것이 틀림없다. 제우스가 사람들을 아프게 할 때, 그것에 대한 도움은 없고, 너는 너의 아버지 포세이돈에게 기도하는 것이 더 좋을 것이다.' 그런 다음 그들은 가버렸고, 저는 저의 영리한 계략의 성공에 속으로 웃었습니다. 그러나 키클롭스는 신음하고, 고통의 고뇌 속에서 손을 더듬어 돌을 찾아 문에서 그것을 가져갔습니다. 그런 다음 그는 문간에 앉아 그의 손을 그의 앞에 뻗어 양들과 함께 나가는 어떤 사람이라도 잡으려 했습니다. 왜냐하면 그는 제가 이것을 시도할 만큼 충분히 어리석을 것이라고 생각했기 때문입니다."

"저 자신에 대해서는, 저의 목숨과 동료들의 목숨을 어떻게 가장 잘 구할 수 있을지 생각하느라 계속 머리를 썼습니다. 계략을 짜고 또 짰습니다. 그의 목숨이 모든 것이 달려 있다는 것을 아는 사람처럼, 왜냐하면 위험이 매우 컸기 때문입니다. 결국 저는 이 계획이 가장 좋을 것이라고 생각했습니다. 수컷 양들은 잘 자랐고 무거운 검은 양털을 가지고 있었습니다. 그래서 저는 그들이 시끄럽지 않게 셋씩 함께 묶었습니다. 그 사악한 괴물이 잠을 자곤 했던 버드나무 줄기들 중 일부로 말입니이다. 중간 양 아래에는 한 사람이 있고, 양쪽에 있는 두 마리가 그를 덮을 것이었고, 그래서 각 사람에게 세 마리의 양들이 있었습니다. 저 자신에 대해서는, 다른 어떤 것들보다 더 훌륭한 숫양이 하나 있었으니, 나는 그 등의 털을 움켜잡고 두꺼운 배 아래 양털 속에 몸을 숨긴 채, 얼굴을 위로 향하고 끝까지 단단히 매달려 있었습니다."

"이렇게 우리는 아침이 올 때까지 큰 두려움을 가슴에 안고 기다렸습니다. 마침내 장밋빛 손가락의 아이, 새벽이 나타났을 때, 수컷 양들은 서둘러 먹이를 먹으러 나갔고, 암양들은 젖을 짜기를 기다리며 우리들 주위에서 울고 있었습니다. 왜냐하면 그들의 젖통들이 터질 만큼 가득 차 있었기 때문입니다. 그러나 그들의 주인은 그의 모든 고통에도 불구하고, 똑바로 서 있는 모든 양들의 등들을 느꼈습니다. 사람들이 그들의 배들 아래에 있었다는 것을 알아낼 만큼 예리하지 않았습니다. 그 숫양이 마지막으로 그의 양털과 나의 교활한 몸무게로 무거운 채로 나가고 있을 때, 폴리페무스가 그것을 붙잡고 말했습니다.

'나의 착한 숫양아, 오늘 아침에 나의 동굴을 마지막으로 떠나는 것이냐? 너는 늘 암양들보다 앞서 나가 꽃이 만발한 초원이나 거품을 내는 샘물로 무리를 이끌고 달려갔고, 밤이 되면 가장 먼저 집으로 돌아오지 않았느냐. 그런데 오늘은 어찌 이리 마지막으로 뒤처지는 것이냐. 네 주인이 눈을 잃었다는 것을 알고, 그 사악한 노만과 그의 끔찍한 무리가 술에 취한 그를 쓰러뜨리고 그를 눈멀게 했다는 것을 알고 미안하기 때문인가? 하지만 나는 아직 그의 목숨을 취하지 않았다. 만일 네가 이해하고 말할 수 있다면, 그 비참한 자가 어디에 숨어 있는지 내게 알려다오. 그러면 그의 뇌를 땅 위에 내던져 그것이 동굴 전체에 흩뿌려지게 할 것이다. 나는 이렇게 이 쓸모없는 노만이 나에게 했던 해악에 대한 분풀이가 될 것이다.' "

"그가 그렇게 말하며 그 숫양을 밖으로 몰아냈습니다. 그러나 우리가 동굴과 마당들로부터 약간 멀리 나왔을 때, 저는 먼저 숫양의 배 아래에서 나왔고, 그런 다음 동료들을 풀어주었습니다. 양들은 매우 살이 쪄 있었으므로, 끊임없이 그들을 올바른 방향으로 머리를 향하게 함으로써 우리는 그들을 배로 몰고 가는 데 성공했습니다. 선원들은 우리 중 죽음을 피했던 사람들을 보고 크게 기뻐했지만, 키클롭스가 죽였던 다른 사람들을 위해 울었습니다. 그러나 저는 머리를 끄덕이고 찡그림으로써 그들이 울음을 그치게 신호를 보냈고, 그들에게 즉시 모든 양들을 배에 싣고 바다로 나가라고 말했습니다. 그래서 그들은 배에 올랐고, 그들의 자리들을 잡았고, 회색 바다를 향해 노를 저었습니다. 그런 다음 제가 목소리가 닿을 만큼 멀리 나왔을 때, 저는 키클롭스를 조롱하기 시작했습니다.

'키클롭스!' 제가 말했습니다. '당신은 당신의 동굴에서 그의 동료들을 먹기 전에 당신의 사람의 척도를 더 잘 재었어야 합니다! 이 불쌍한 놈아, 당신의 집에서 방문객들을 먹어치운다고요? 당신은 당신의 죄가 당신을 찾아낼 것이라는 것을 알았어야 합니다! 그리고 이제 제우스와 다른 신들이 당신을 벌했습니다!' "

"그는 이 말을 듣고 점점 더 광분하여 높은 산의 꼭대기를 찢어냈고, 저의 배 바로 앞에 그것을 던져서 그것이 키의 끝을 치는 것에 아주 가까이 있었습니다. 바위가 바다 속으로 떨어졌을 때, 바다는 흔들렸고, 그것이 일으킨 파도의 되밀림이 우리를 본토를 향해 다시 실어 나갔고, 우리를 해변에 닿게 할 뻔했습니다. 그러나 저는 긴 막대기 하나를 움켜쥐고 배를 떠받쳤으며, 고개를 끄덕여 저의 부하들에게 목숨걸고 노를 저어야 한다고 신호를 보냈습니다. 그들은 죽을 힘을 다해 노를 저었습니다. 우리가 이전에 있던 곳보다 두 배 더 멀리 갔을 때, 저는 키클롭스를 다시 조롱하려 했습니다. 그러나 부하들은 저에게 그들의 혀를 다물어달라고 애원했습니다.

'더 이상 이 야만적인 괴물을 자극하지 마십시오!' 그들이 외쳤습니다. '그는 이미 우리를 본토로 다시 몰아붙였던 바위 하나를 우리에게 던졌고, 우리는 그것이 우리의 죽음이었을 것이라고 확신했습니다. 만약 그가 그때 어떤 더 이상의 목소리 소리를 들었더라면, 그는 우리가 거친 바위들로 그가 우리에게 던졌을 우리의 머리와 우리의 배의 들보를 짓눌렀을 것입니다. 왜냐하면 그는 그것들을 멀리 던질 수 있기 때문입니다.'

그러나 저는 그들의 말을 듣지 않았고, 저의 분노에 차 그에게 소리쳤습니다. '키클롭스! 만약 어떤 사람이 당신의 눈을 뽑아내고 당신의 아름다움을 망친 것이 누구인지 당신에게 묻는다면, 그것은 이타카에 사는 라에르테스의 아들, 용맹한 용사 오디세우스라고 말하시오!' (킹받네!)"

"이것에 그는 신음하며 크게 외쳤습니다. '아아,

아아! 그렇다면 나에 대한 그 옛 예언이 이루어지는구나! 여기에 한때 한 예언자가 있었다네. 용감하고 거대한 키를 가진 사람, 에우뤼무스의 아들 텔레무스였지. 그는 훌륭한 예언자였고, 그가 늙을 때까지 키클롭스들을 위한 모든 예언을 했다. 그는 언젠가 이 모든 일이 나에게 일어날 것이고, 내가 오디세우스의 손에 의해 시력을 잃을 것이라고 말했다. 나는 내내 위풍당당한 존재와 초인적인 힘을 지닌 자를 기다렸건만, 술에 취한 나를 속여 눈멀게 했던 하찮고 나약한 인간이었구나! 그러니 이리 오너라, 오디세우스! 내가 너에게 환대를 베풀고, 포세이돈에게 너의 앞날을 도와 달라 청하겠다. 그는 내 아버지이니, 원하신다면 나를 낫게 하실 것이다. 다른 어떤 누구도, 신도 인간도 그것을 할

수 없다.'

이에 대해 내가 말했습니다. '내가 당신을 완전히 죽이고 당신을 하데스의 집으로 보내는 것에 대해 제가 확신하는 것만큼이나, 당신의 그 눈을 치료하는 데 포세이돈보다 더 큰 힘이 필요할 것이라고 확신합니다!'

이것에 그는 하늘을 향해 그의 손들을 들어 올리고 기도하며 말했습니다. '저의 말을 들으시오, 위대한 포세이돈! 만약 내가 진정 당신의 친아들이라면, 오디세우스가 결코 무사히 고향에 돌아가지 못하게 허락하소서! 혹은 그가 마침내 돌아가야 한다면, 그가 그의 모든 부하들을 잃은 후에, 늦게 그리고 심한 곤경 속에 돌아가게 하소서. 그가 다른 사람의 배를 타고 집에 이르러 그곳에서 또 다른 재앙을 맞게 하소서!'

이렇게 그는 기도했고, 포세이돈은 그의 기도를 들었습니다. 그런 다음 그는 첫 번째 것보다 훨씬 더 큰 바위 하나를 집어 들고, 그것을 높이 흔들어 엄청난 힘으로 던졌습니다. 그것은 배에 미치지 못하고 겨우 떨어졌지만, 키의 끝을 스칠만큼 아주 가까이 있었습니다. 바위가 바다 속으로 떨어졌을 때, 바다는 요동쳤고, 그것이 일으킨 파도의 밀침이 우리를 섬 해변쪽으로 몰아 넣었습니다."

"마침내 우리가 다른 배들을 남겨두었던 섬에 도착했을 때, 우리의 귀환을 애타게 기다리고 있던 우리 동료들을 발견했습니다. 우리는 우리의 배를 모래들 위에 몰아붙이고 해변으로 내려왔습니다. 우리는 또한 키클롭스의 양들을 육지로 내렸고, 그것들을 공정하게 나누어 아무도 불평할 이유가 없도록 했습니다. 숫양 하나는, 저의 동료들이 내

몫으로 주는데 동의했습니다. 그래서 저는 그것을 해변 위에서 제물로 바쳤고, 만물의 주인 제우스에게 그것의 넓적다리 뼈들을 태워 올렸습니다. 그러나 그는 저의 제물에 관심을 주지 않고, 오직 어떻게 그가 내 배와 동료들을 파괴할 수 있을지에 대해 생각했습니다."

"그날 온종일 해가 질 때까지 우리는 고기와 술로 잔치를 벌였고, 태양이 지고 어두워졌을 때, 우리는 해변에서 잠자리에 들었습니다. 장밋빛 손가락의 아이, 새벽이 오자 부하들에게 배에 올라타고 밧줄들을 풀라고 명령했습니다. 그런 다음 그들은 그들의 자리들을 잡고 회색 바다를 향해 노를 저었습니다. 그래서 우리는 동료들을 잃은 슬픔을 가슴에 안고 항해했으나 죽음을 피한 것에 기뻐했습니다."

10

바람의 왕 아이올루스,
식인종 라에스트뤼고네스, 마녀 키르케

"우리는 불멸의 신들에게 소중한 힙포타스의 아들 아이올루스가 사는 아이올루스 섬으로 계속 항해했습니다. 그것은 바다 위를 마치 그것이 떠 있는 것처럼 떠다니는 섬이고, 그것을 두르는 성벽은 철로 묶여 있었습니다. 아이올루스는 여섯 명의 딸들과 여섯 명의 건장한 아들들을 가졌고,

그래서 그는 아들들을 딸들과 결혼하게 했으며, 그들은 모두 그들의 사랑하는 아버지와 어머니와 함께 살면서 잔치를 하고, 상상할 수 있는 온갖 사치를 즐겼습니다. 온종일 집의 분위기는 마당에 고기를 굽는 향기가 가득 차 공기가 다시 신음하는 듯했고, 밤이 되면 그들은 그들의 정교하게 만든 침상들 위에서 각자 그의 자신의 아내와 함께 이불속에 잠들었습니다. 이런 사람들이 우리가 찾아 간 이들이었습니다."

"아이올루스는 트로이, 아르고스 함대 그리고 아카이아인들의 귀환에 대해 끊임없이 물으며 한 달 내내 저를 환대했습니다. 저는 모든 것이 어떻게 일어났는지 그에게 하나도 숨김없이, 마침내 떠날 때가 되어 길을 도와달라고 부탁하자, 그는 어떤 종류의 어려움도 만들지 않고 곧바로 나섰습니다.

더욱이 그는 저를 위해 포효하는 바람들의 길을 담기 위해 훌륭한 황소 가죽 하나를 벗겨주었고, 그는 그 바람들을 자루 안에 가두었습니다. 제우스가 그를 바람들의 선장으로 만들었고, 그는 자신의 뜻대로 바람을 일으키거나 잠재울 수 있었습니다. 그는 그 자루를 배에 넣고, 은 실로 입구를 너무 단단히 묶어 어떤 옆바람의 숨결조차도 새어 나오지 못하게 했습니다. 우리에게 순조로운 서풍만이 그가 그것이 원하는 대로 불도록 허락했습니다. 그러나 이 모든 은혜는 헛된 것이 되고 말았으니, 왜냐하면 우리가 우리 자신의 어리석음 때문에 길을 잃었기 때문입니다."

"아홉 날과 아홉 밤을 우리는 항해했고, 열 번째 날에 우리의 고향 땅이 수평선 위로 모습을 드러냈습니다. 우리는 그루터기 불들이 타고 있는 것을 볼 수 있을 만큼 가깝게 들어왔고, 저는 그때 기진맥진하여 잠깐 잠에 들었습니다. 우리가 더 빨리 집에 갈 수 있도록 제가 내 손에서 키를 결코 놓지 않았기 때문입니다. 그 틈에 부하들이 서로 수군거리기 시작했고, 제가 아이올루스가 저에게 주었던 자루 안에 황금과 은이 가득 들어있다고 믿은 것입니다.

'맙소사!' 어떤 이가 그의 이웃에게 돌아서며 말했습니다. '이 사람은 그가 가는 어떤 도시나 나라에서든 얼마나 존경받고 친구들을 만드는가! 그가 트로이에서 집으로 가져가고 있는 그 훌륭한 전리품들을 보라! 반면에, 그만큼 멀리 여행했던 우리는 우리가 시작했던 것만큼이나 빈 손으로 돌아가고 있지 않은가. 그리고 이제 아이올루스가 그에게 훨씬 더 많은 것을 주었다. 자, 자루 안에 얼마나 많은 황금과 은이 있는지 보자.' "

"이렇게 그들은 이야기했고, 사악한 의견이 우세했습니다. 그들은 자루를 풀었고, 곧 바람이 울부짖으며 날아왔고, 우리는 울부짖는 바다에 휩쓸려 고향에서 멀리 떠밀려 갔습니다. 그때 나는 깨어났고, 바다 속으로 몸을 던져야 할지 혹은, 계속 살아 그것을 최선을 다해야 할지 알지 못했습니다. 그러나 저는 그것을 견뎠고, 몸을 덮고 배 안에 누웠습니다. 한편 부하들은 맹렬한 바람들이 우리의 함대를 아이올루스 섬으로 다시 나르는 동안 쓰라리게 통곡했습니다. 이 모든 것은 그들의 탐욕이 불러온, 스스로 차초한 재앙이었습니다."

"우리가 거기에 도착했을 때, 우리는 물을 얻기 위해 육지로 갔고, 배들 옆에서 힘겹게 저녁 식사를 했습니다. 저녁 식사 직후, 저는 전령 한 명과 저의 부하들 중 한 명을 데리고 곧장 아이올루스의 집으로 갔습니다. 그가 아내와 가족과 함께 잔치를 벌이고 있었습니다. 그래서 우리는 문턱에 앉아 간청자의 자세를 취했습니다. 그들은 우리를 보고 놀라 말했습니다. '오디세우스, 무엇이 너를 여기로 데려왔는가? 어떤 신이 너를 괴롭혔는가? 우리는 네가 너의 집 이타카로 혹은 네가 가고 싶어 했던 곳으로 가는 길을 돕기 위해 큰 노고를 들였다.'

이렇게 그들은 말했지만, 저는 슬프게 대답했습니다. '저의 부하들이 저를 망쳤습니다. 잔인한 잠이 저를 파멸시켰습니다. 저의 친구들이여, 이 해악을 고쳐주십시오. 왜냐하면 당신들이 원한다면 그렇게 할 수 있으니까요.'

저는 가능한 한 간절히 말했지만, 그들은 아무

말도 하지 않았습니다. 그들의 아버지가 대답할 때까지. '인류 중에서 가장 비열한 자여, 당장 이 섬에서 떠나라. 알빠노? (내가 알 바 아니다). 하늘이 미워하는 자를 나는 돕지 않는다. 가라. 왜냐하면 너는 하늘에게 혐오받는 자로서 여기 왔으니까!' 이 말을 남기고 그는 나를 문밖으로 내쫓았습니다."

"우리는 슬픔 속에 계속 항해했습니다. 부하들은 더 이상 그들을 도울 바람이 없었으므로, 길고 헛된 노 젓기로 지쳐 있었습니다. 밤낮으로 엿새 동안 우리는 노를 저었고, 일곱 번째 날에 우리는 라무스의 바위투성이 요새에 도착했습니다. 텔레퓔루스는 라에스트뤼고네스인들의 도시였습니다. 그곳에서는 그의 양들과 염소들을 젖을 짜기 위해 몰아넣고 있는 양치기가 그의 가축 떼들을 먹이를 먹이기 위해 몰아내고 있는 다른 목동과 인사를 나누고 그 인사에 다시 대답합니다. 그 나라에서는 잠 없이 지낼 수 있었던 사람은 두 배의 임금을 벌 수 있었을 것입니다. 하나는 소들의 목동으로서, 다른 하나는 양치기로서. 왜냐하면 그들은 낮과 밤이 다름없이 많이 일하기 때문입니다."

"우리가 항구에 도착했을 때, 우리는 그것이 가파른 절벽들 아래에 육지로 둘러싸여 있고, 두 개의 곶들 사이에 좁은 입구를 가지고 있는 것을 발견했습니다. 저의 선장들은 그들의 모든 배들을 안으로 가져가 서로 가까이 바싹 붙여서 단단히 묶었습니다. 왜냐하면 안에는 바람의 숨결조차 없었고 항상 완전히 고요했기 때문입니다. 저는 저의 자신의 배를 밖에 두었고, 곶의 바로 끝에 있는 바위에 그것을 묶었습니다. 그리고 정찰하기 위해 높은 바위 하나에 올랐지만, 어떤 사람이나 가축의 흔적도 볼 수 없었고, 오직 땅으로부터 올라오는 희미한 연기만 보았습니다. 그래서 저는 부하 두 명과 시종 한 명을 함께 보내 주민들이 어떤 사람들인지 알아보게 했습니다."

"육지에 도착했을 때, 그 사람들은 백성들이 산들로부터 도시 안으로 그들의 장작들을 끌어당기는 평평한 길을 따라갔습니다. 그러다 곧 그들은 물을 얻기 위해 밖으로 나왔고, 라에스트뤼고네스인의 왕 안티파테스의 딸인 한 젊은 여인을 만났습니다. 그녀는 백성들이 그들의 물을 가져오는 아르타키아 샘물로 가는 중이었고, 저의 부하들이 그녀에게 가까이 다가왔을 때, 그들은 그녀에게 그 나라의 왕이 누구이고 어떤 종류의 백성들을 그가 다스리는지 물었습니다. 그래서 그녀는 그들을 아버지의 집으로 안내했지만, 그들이 거기에 도착했을 때, 그들은 그의 아내가 산만큼이나 거대한 거인이라는 것을 발견했고, 그들은 그 광경에 공포에 질렸습니다."

"그녀는 즉시 그의 남편 안티파테스를 집회 장소에서 불렀고, 그는 곧바로 저의 부하들을 죽이기 시작했습니다. 그는 그들 중 한 명을 움켜쥐고 즉석에서 먹어치우며 그의 저녁 식사로 삼았습니다. 그 결과 다른 두 사람은 필사적으로 배로 다시 달아났습니다. 그러나 안티파테스가 그들을 뒤쫓아 크게 외쳤고, 수천 명의 건장한 라에스트뤼고네스인들이 사방에서 튀어나왔습니다. 그들은 인간이 아니라 오우거였습니다. 그들은 절벽에서 우리에게 거대한 바위들을 던졌고, 저는 서로 부딪쳐 산산이 부서지는 배들의 끔찍한 소리와 라에스트뤼고네스인들이 그들을 물고기처럼 창으로 찌르고 그들을 먹기 위해 집으로 데려가는 동안 저의 부하들의 죽음의 외침들을 들었습니다. 그들이 이렇게 항구 안에서 저의 부하들을 죽이는 동안, 저는 검을 뽑고 배의 밧줄을 끊고, 부하들에게 그들이 나머지 사람들처럼 되지 않으려 한다면 모든 힘으로 노를 저으라고 명했습니다. 그래서 그들의 죽을 힘을 다해 노를 저었고, 우리는 그들이 우리에게 내던지는 바위들의 손이 닿지 않는 열린 바다로 나왔을 때 안도의 한숨을 내쉬었습니다. 다른 사람들에 대해서는 그들 중 한 명도 살아남지 못했습니다."

"우리는 다시 슬픔 속에 계속 항해했습니다.

비록 우리가 우리의 동료들을 잃었지만 죽음을 피한 것에 기뻐하며, 그리고 아이아이아 섬에 도착했습니다. 그곳에는 위대하고 교활한 여신 키르케가 살고 있었습니다. 그녀는 마법사 아이에테스의 친 누이입니다. 왜냐하면 그들 둘 다 오케아누스의 딸인 페르세에 의해 태양의 자식들이었습니다. 우리는 어떤 신이 우리를 그리로 인도했으므로, 어떤 말도 없이 우리의 배를 안전한 항구로 가져갔고, 상륙한 후 우리는 거기서 이틀 낮밤 동안 몸과 마음이 지친 채 누워 있었습니다. 세 번째 날 아침이 왔을 때, 저는 창과 검을 들고 정찰하기 위해 배에서 멀리 갔고, 인간이 만든 흔적을 발견하거나 목소리를 들을 수 있는지 보았습니다. 높은 망루의 꼭대기에 올라, 저는 키르케의 집에서 나오는 연기가 빽빽한 나무들의 숲 한가운데에서 위로 솟아오르는 것을 엿보았고, 제가 이것을 보았을 때, 저는 그 연기를 본 후 즉시 계속 가서 더 많은 것을 알아내야 할지 망설였지만, 결국 저는 배로 돌아가서 부하들에게 그들의 저녁 식사를 주고, 저 대신 그들 중 일부를 보내는 것이 가장 낫겠다고 생각했습니다."

"장밋빛 손가락의 아이, 새벽이 오자, 저는 회의를 열고 말했습니다. '나의 친구들이여, 우리는 매우 큰 곤경에 빠져 있습니다. 그러니 내 말을 들으십시오. 우리는 태양이 어디서 지고 혹은 뜨는지 알지 못하고, 그래서 우리는 동쪽과 서쪽조차 알지 못합니다. 빠져나갈 길이 보이지 않지만, 그래도 찾아나서야 합니다. 우리는 확실히 한 섬 위에 있습니다. 왜냐하면 제가 오늘 아침 제가 할 수 있는 한 높이 올라갔고, 수평선까지 온통 그것 주위에 바다가 닿아 있는 것을 보았기 때문입니다. 그것은 낮게 놓여 있지만, 한가운데를 향해 저는 가까운 숲에서는 연기가 솟아오르는 것을 보았습니다.'

이 말을 듣자 그들의 심장은 가라앉았습니다. 그들이 라에스트뤼고네스인 안티파테스와 그리고 야만적인 오우거 폴리페무스에게 어떻게 대우받았는지 기억했기 때문입니다. 그들은 당혹감 속에서 쓰라리게 울었지만, 우는 것으로 얻을 수 있는 것은 아무것도 없었습니다. 그래서 저는 그들을 두 무리로 나누고 각 무리 위에 선장 한 명을 세웠습니다. 저는 한 무리를 에우뤼로쿠스에게 주었고, 다른 무리의 지휘를 스스로 맡았습니다. 그런 다음 우리는 투구 안에서 제비들을 던졌고, 그 제비는 에우뤼로쿠스에게 떨어졌습니다. 그래서 그는 그의 스물두 명의 부하들과 함께 출발했고, 떠나는 이들도 남은 이들도 모두 울었습니다."

"그들이 키르케의 집에 도착했을 때, 그들은 그것이 잘린 돌들로 지어졌고, 숲의 한가운데에서 멀리서 볼 수 있는 한 장소에 있는 것을 발견했습니다. 그 주위로 온통 야생 산 늑대들과 사자들이 배회하고 있었습니다. 불쌍하게 마법에 걸린 피조물들로, 그녀가 마법들로 길들이고 약물로 복종하게 했던 이들이었습니다. 그들은 저의 부하들을 공격하지 않았지만, 그들의 거대한 꼬리들을 흔들고, 그들에게 아첨하고, 코를 애정어린 몸짓으로 그들에게 문질렀습니다. 사냥개들이 그들의 주인이 저녁 식사로부터 오는 것을 볼 때 주인 주위로 몰려들 때처럼, 왜냐하면 그들은 그가 무언가를 가져올 것을 알기 때문입니다. 그처럼 이 늑대들과 사자들은 그들의 거대한 발톱으로 저의 부하들에게 아첨했습니다. 그러나 부하들은 그런 기이한 피조물들을 보는 것에 끔찍하게 두려워했습니다. 이윽고 그들은 여신의 집 문앞에 도착했고, 그곳에 서 있는 동안, 그들은 키르케가 안에서 그녀의 베틀에서 일하면서 가장 아름답게 노래하는 것을 들을 수 있었습니다. 아주 고운, 아주 부드럽고, 여신 외에는 아무도 짤 수 없는 그런 눈부신 색깔들의 직물을 만들면서 말입니다. 이것에 제가 부하들 중 다른 누구보다 소중히 여기고 신뢰했던 폴리테스가 말했습니다. '누군가 안에서 베틀에서 일하고 있고, 가장 아름답게 노래하고 있습니다. 그 노랫소리가 온 곳에 울려 퍼집니다. 우리가

그녀를 불러 그녀가 여인인지 혹은 여신인지 봅시다.'

그들은 그녀를 불렀고, 키르케는 내려와 문을 열고 그들에게 들어오라고 명령했습니다. 그들은 어떤 악한 생각도 하지 않고 그녀를 따라갔습니다. 속임수를 의심했던 에우뤼로쿠스만 빼고는. 그는 밖에 머물렀습니다. 그녀가 그들을 집으로 데려갔을 때, 그녀는 그들을 벤치들과 자리들 위에 앉히고, 그들에게 마시도록 치즈와 꿀, 식사, 그리고 프람니안 포도주로 뒤섞인 죽을 만들어주었습니다. 그러나 그녀는 그들이 그들의 집들을 잊게 하기 위해 사악한 독약으로 그것에 약을 쳤습니다. 그리고 그들이 마셨을 때, 그녀는 지팡이로 한 번 내려쳐 그들을 돼지들로 바꾸었고, 그들을 돼지 우리들 안에 가두었습니다. 그들은 돼지들과 같이 머리, 털 그리고 모든 것이 같았고 꿀꿀거렸습니다. 그러나 그들의 감각들은 전과 같았고, 모든 것을 기억했습니다. 극악한 마법이었습니다."

"이것과 함께 저는 배를 떠나 육지로 올라갔습니다. 마법에 걸린 숲을 통과하고, 그 요술쟁이 키르케의 큰 집 가까이에 갔을 때, 황금 지팡이를 가진 헤르메스를 만났습니다. 젊음과 아름다움이 전성기에 이른 젊은 남자로 변장한 채, 그의 얼굴에 막 솜털이 나기 시작했습니다. 그는 저에게 다가와 저의 손을 잡고 말했습니다. '나의 불쌍하고 가엾은 사람이여, 당신은 혼자서 길을 알지 못한 채 이 산 꼭대기를 넘어 어디로 가십니까? 당신의 부하들은 그들의 굴 안에 있는 그렇게 많은 야생 멧돼지들처럼 키르케의 돼지 우리들 속에 갇혔습니다. 당신은 확실히 그들을 해방시킬 수 있다고 생각합니까? 내가 당신에게 말하건대, 당신은 결코 돌아오지 못할 것이고 그들 나머지 사람들과 함께 거기에 머물러야 할 것입니다. 그러나 염려하지 마십시오. 내가 당신을 지켜 이 곤경에서 벗어나게 할 것입니다. 이 허브를 가져가십시오. 그것은 큰 효험을 가진 것 중 하나이고, 당신이 키르케의 집에 갈 때 당신 몸에 지니십시오. 그것은 당신에게 온갖 해악에 대한 부적이 될 것입니다. 그리고 제가 당신에게 키르케가 당신에게 시도하려 할 모든 사악한 요술에 대해 말해주겠습니다. 그녀는 당신이 마실 죽을 섞을 것이고, 약물을 그 음식에 넣을 것입니다. 그러나 그녀는 당신을 매혹시킬 수 없을 것입니다. 왜냐하면 제가 당신에게 줄 그 허브의

효험이 그녀의 주문들이 작용하는 것을 막을 것이기 때문입니다. 키르케가 그녀의 지팡이로 당신을 칠 때, 당신의 검을 뽑고 마치 당신이 그녀를 죽이려 하는 것처럼 그녀 위로 뛰어 오르십시오. 그녀는 그때 겁에 질릴 것이고, 그녀와 함께 침대에 가달라고 당신에게 바랄 것입니다. 이것에 당신은 단호하게 그녀를 거절해서는 안 됩니다. 왜냐하면 당신은 그녀가 당신의 동료들을 자유롭게 해주고 당신 자신도 잘 보살피기를 원하기 때문입니다. 그리고 그녀가 당신에게 더 이상의 해악을 꾸미지 않겠다는 엄숙한 맹세를 하게 해야 합니다. 그렇지 않으면 그녀가 당신을 벌거벗은 채로 얻었을 때, 그녀는 당신을 약하게 만들고 아무 쓸모없게 할 것입니다.' "

"그가 말하며, 그는 그 허브를 땅에서 뽑아냈고

저에게 그것이 어떻게 생겼는지 보여주었습니다. 뿌리는 검은색이었고, 반면에 꽃은 우유처럼 하얐습니다. 신들은 그것을 몰뤼라고 부르고, 필멸의 인간은 결코 뽑아 낼 수 없지만 신들에게는 불가능한 일이 없다고 했습니다."

"그런 다음 헤르메스는 나무가 우거진 섬 위로 지나가 높은 올림푸스로 돌아갔습니다. 그러나 저는 키르케의 집으로 계속 나아갔고, 제가 따라가는 동안 저의 심장은 걱정으로 흐려져 있었습니다. 제가 문앞에 이르러 여신을 부르자, 그녀가 곧 내려왔고, 문을 열고 저에게 들어오라고 했습니다. 그래서 저는 그녀를 따랐습니다—저의 마음속으로는 많이 괴로워하며. 그녀는 저를 은으로 상감된 풍부하게 장식된 자리에 앉혔고, 저의 발 아래에도 발판이 있었습니다. 그리고 그녀는 제가 마실 황금 잔에 죽을 섞었습니다. 그러나 그녀는 그것에 약물을 넣었습니다. 그녀는 저에게 악한 의도를 가졌기 때문입니다. 그녀가 그것을 저에게 주었을 때, 그리고 제가 그것을 마셨음에도 매혹되지 않자, 그녀는 지팡이로 저를 내리쳤습니다. '자,' 이제 그녀가 외쳤습니다. '이제 돼지 우리로 가라. 그리고 다른 자들과 함께 당신의 굴을 만들어라.' "

"그러나 저는 마치 제가 그녀를 죽이려 하는 것처럼 저의 뽑은 검을 가지고 그녀에게로 돌진했고, 그 결과 그녀는 큰 비명을 지르며 쓰러졌고, 저의 무릎을 껴안고 애처롭게 말했습니다. '제가 누구이고 어디서 왔습니까? 어떤 땅과 민족에서 왔는지? 어떻게 저의 약들이 당신을 매혹시킬 힘이 없었던 것입니까? 확실히 당신은 트로이에서 집으로 가는 길에 그의 배와 함께 언젠가 여기에 올 것이라고 헤르메스가 항상 말했던 그 대담한 영웅 오디세우스가 아닐 수 없습니다. 그렇다면 그렇게 되게 하십시오. 당신의 검을 칼집에 넣으시고, 우리가 잠자리에 듭시다. 그래서 우리가 친구가 되고 서로를 신뢰하는 법을 배울 수 있도록 말입니다.' "

"그리고 저는 대답했습니다. '키르케, 당신이 방금 저의 부하들을 모두 돼지들로 바꾸었는데, 당신이 어떻게 제가 당신과 친절하게 지내기를 기대할 수 있습니까? 그리고 이제 당신이 저 자신을 손에 넣었으니, 당신은 제가 당신과 함께 잠자리에 들라고 요청할 때 저에게 악한 의도를 가지고 있습니다. 그리고 저를 약하게 만들고 아무 쓸모없게 할 것입니다. 당신이 먼저 저에게 더 이상의 해악을 꾸미지 않겠다는 당신의 엄숙한 맹세를 하지 않는 한, 저는 확실히 당신과 함께 잠자리에 드는 것에 동의하지 않을 것입니다.' "

"그래서 그녀는 제가 요구한 대로 엄숙하게 맹세했습니다. 그녀의 고결한 맹세가 끝났을 때, 저는 비로소 그녀의 침실로 들어가, 그녀와 함께 잠자리에 들었습니다."

"키르케가 제가 먹지 않고 큰 슬픔 속에 앉아 있는 것을 보았을 때, 그녀는 저에게 와서 말했습니다. '오디세우스, 왜 당신은 벙어리인 것처럼 그렇게 앉아 당신 자신의 마음을 갉아먹고, 고기와 음료 모두를 거부합니까? 당신은 아직 의심스러운 것입니까? 당신은 그럴 필요는 없습니다. 왜냐하면 저는 당신에게 해악을 하지 않겠다고 이미 엄숙하게 맹세했으니까요.' "

“그리고 저는 말했습니다. ‘키르케, 어떤 올바른 이성을 가진 사람도 당신이 그의 친구들을 자유롭게 해주고 그가 그들을 보는 것을 허용하기 전까지는 당신의 집에서 먹거나 마시는 것을 생각할 수 없습니다. 만약 당신이 제가 먹고 마시기를 원한다면, 당신은 저의 부하들을 자유롭게 하고 그들을 저에게 데려와 제가 그들을 확인할 수 있도록 말입니다.’ ”

“제가 이 말을 했을 때, 그녀는 그녀의 지팡이를 손에 들고 곧장 안마당을 통해 갔고, 돼지 우리들의 문들을 열었습니다. 저의 부하들은 그렇게 많은 훌륭한 돼지들처럼 밖으로 나왔고, 그녀를 바라보며 섰지만, 그녀는 그들 사이로 돌아다니며 각각에게 두 번째 약물을 발랐습니다. 그 결과 그들에게 나쁜 약이 주었던 털들이 떨어져 나갔고,

그들은 다시 인간이 되었습니다. 그들이 전보다 더 젊고 훨씬 더 키가 크고 준수한 모습이 되었습니다. 그들은 저를 즉시 알아보았고, 그들 각자가 저를 손으로 잡았고, 기쁨에 울었습니다. 그 결과 온 집안이 그들의 울음과 환호로 가득 찼고, 키르케 자신도 그들을 너무나 가엾게 여겨 저에게 다가와 말했습니다. '오디세우스, 라에르테스의 고귀한 아들이여, 당신의 부하들에게 우는 것을 그만두라고 말하시오. 저는 당신들 모두가 바다에서 얼마나 많이 고통받았는지, 그리고 본토에서 잔인한 야만인들 사이에서 얼마나 나쁘게 지냈는지 압니다. 그러나 그것은 이제 끝났으니, 여기서 머무르시오. 그리고 당신이 이타카를 떠났을 때만큼 다시 강하고 건강해질 때까지 먹고 마시시오. 왜냐하면 현재 당신은 몸과 마음 둘 다 약해져 있습니다. 당신은 당신의 여행 동안 겪었던 고난들에 대해 계속 생각하고 있으므로, 당신에게는 더 이상 어떤 즐거움도 남아 있지 않습니다.'

그녀는 이렇게 말했고, 우리는 그녀의 권유를 받아들였습니다. 우리는 키르케와 함께 온 열 두달 동안 많은 양의 고기와 포도주를 먹고 잔치하며 머물렀습니다. 그러나 달들이 쇠퇴하는 동안 1년이 지나고 긴 날들이 돌아왔을 때, 부하들이 저를 따로 불러 말했습니다. '경, 만약 당신이 당신의 집과 고향을 볼 수 있도록 용서받아야 한다면, 이제 당신은 집에 가는 것에 대해 생각하기 시작해야 할 때입니다.'

그들은 이렇게 말했고, 저는 동의했습니다. 그 결과 온종일 해가 질 때까지 우리는 고기와 포도주로 마음껏 잔치했지만, 태양이 지고 어두워졌을 때 부하들은 덮인 회랑들에서 잠자리에 들었습니다. 그러나 저는 키르케와 함께 침대에 든 후에 그녀의 무릎들로 그녀에게 간청했고, 여신은 제가 하려는 말을 들었습니다.

'키르케,' 제가 말했습니다. '부디 저의 귀향 항해를 돕겠다고 당신이 저에게 했던 약속을 지켜주십시오. 저는 돌아가고 싶고, 저의 부하들도 마찬가지입니다. 그들은 당신이 등을 돌리는 순간마다 저를 재촉하며 불평을 쏟아냅니다.'

그리고 그 여신이 대답했습니다.

'오디세우스, 라에르테스의 고귀한 아들이여, 만약 당신들이 원하지 않는다면 당신들 중 아무도 더 이상 여기에 머물지 않을 것입니다. 그러나 당신이 집으로 항해하기 전에 가야 할 다른 여행

하나가 있습니다. 당신은 하데스와 무시무시한 프로세르피네의 집으로 가서, 그 이성이 아직 흔들리지 않은 맹인 테바이인 예언자 테이레시아스의 유령에게 조언을 구해야 합니다. 프로세르피네는 그에게만 죽음 속에서도 그의 이해력을 남겨두었지만, 다른 유령들은 목적 없이 이리저리 떠다닙니다.'

저는 이것을 들었을 때 당혹스러웠습니다. 저는 침대에서 일어나 울었고, 태양의 빛을 더 이상 보기 위해 살아 있고 싶지 않았습니다. 그러나 현재 제가 우는 것과 스스로를 던지는 것에 지쳤을 때, 저는 '그리고 누가 이 항해 위에서 저를 인도할 것입니까? 왜냐하면 하데스의 집은 어떤 배도 도달할 수 없는 항구이기 때문입니다.'라고 말했습니다.

'당신은 어떤 안내자도 필요하지 않을 것입니다,' 그녀가 대답했습니다. '당신의 돛대를 올리고, 당신의 하얀 돛들을 달고 아주 조용히 앉아 있으십시오. 그러면 북풍이 당신을 스스로 그리로 불어다 줄 것입니다. 당신의 배가 오케아누스의 물결들을 횡단했을 때, 당신은 키 큰 포플러들과 그들의 열매들을 흘리는 버드나무들의 숲들을 가진 프로세르피네의 나라의 비옥한 해변에 도착할 것입니다. 여기서 당신의 배를 오케아누스의 해변에 대십시오. 그리고 곧장 하데스의 어두운 거처로 가십시오. 당신은 그것이 퓌리플레게톤과 코퀴투스 강들이 아케론으로 흐르는 장소 근처에 있는 것을 발견할 것이고, 바로 두 개의 포효하는 강들이 서로 합류하는 곳 근처에 한 바위가 있는 것을 볼 것입니다.'

그녀가 말하는 것을 마쳤을 때쯤에는 날이 밝았습니다. 그래서 그녀는 저에게 셔츠와 망토를 입혔습니다. 그녀 자신은 어깨 위로 아름답고 가벼운 거미줄 같은 천을 던졌고, 허리 주위로 황금 허리띠로 채웠습니다. 그녀의 머리를 망토로 덮었습니다. 그런 다음 저는 집 전체의 모든 곳을 통해 부하들 사이로 갔고, 그들 각자에게 한 사람씩 친절하게 말했습니다.

'당신들은 더 이상 여기서 자고 있으면 안 됩니다! 우리는 가야 합니다. 왜냐하면 키르케가 그 모든 것에 대해 저에게 말해주었기 때문입니다!' 그리고 이것에 그들은 제가 그들에게 명령한 대로 했습니다."

"그러나 심지어 그때에도 저는 사고 없이 그들을 데려가지 못했습니다. 우리와 함께 엘페노르라는 이름의 어떤 젊은이가 있었습니다. 분별력이나 용기에서 그리 주목할 만하지 않은 그는 술에 취해 있었고, 나머지 부하들로부터 멀리 떨어져 시원한 곳에서 술을 깨기 위해 집 꼭대기에 누워 있었습니다. 그가 부하들이 분주하게 돌아다니는 소음을 들었을 때, 그는 갑자기 뛰어 올라 주된 계단으로 내려오는 것에 대해 모든 것을 잊었고, 그래서 지붕에서 바로 떨어져 목이 부러졌습니다. 그리고 그의 영혼은 하데스의 집으로 내려갔습니다.(스불재였지만, 정말 안타까운 일이었습니다.)"

"제가 부하들을 함께 모았을 때, 저는 그들에게 말했습니다. '당신들이 다시 집으로 출발하려 한다고 생각합니다. 그러나 키르케가 저에게 이것 대신, 우리가 하데스와 프로세르피네의 집으로

가서 테바이인 예언자 테이레시아스의 유령에게 조언을 구해야 한다고 설명했습니다.'

부하들은 저의 말을 들었을 때 마음이 찢어졌고, 땅 위로 몸을 던져 신음하고 그들의 머리카락을 쥐어뜯었습니다. 그러나 그들은 울음으로 문제를 해결하지 못했습니다. 우리가 울고 우리의 운명을 한탄하며 해변에 도착했을 때, 키르케는 숫양과 암양을 가져왔고, 우리는 그들을 배 옆에 단단히 묶었습니다. 그녀는 우리가 그것을 알지 못하게 우리 한가운데를 통과했습니다. 신이 스스로 모습을 드러내지 않으려 할 때 누가 신의 오고 감을 볼 수 있겠습니까?"

11

지하 세계로의 여정

“우리가 해변에 도착했을 때, 우리의 배를 물에 띄우고 그녀의 돛대와 돛들을 배 안에 넣었습니다. 우리는 또한 양들을 배에 실었고, 양들은 우리의 자리들을 차지했습니다. 울며 그리고 마음속으로 큰 고통 속에, 키르케, 그 위대하고 교활한 여신은 우리에게 곧장 뒤에서 불고 우리의 돛들을 내내 잘 채워주었던 순풍을 보냈습니다. 그래서 우리는 배의 장비에 하고 싶었던 어떤 일이든 하고, 바람과 조타수가 그녀를 향하게 하는 대로 그녀가 가도록 내버려두었습니다. 온종일 그녀의 돛들은 바다 위로 항로를 유지하면서 가득 차 있었지만, 태양이 지고 모든 땅 위에 어둠이 깔렸을 때, 우리는 키메리아인들의 땅과 도시가 있는 오케아누스 강의 깊은 물 속으로 들어갔습니다. 그들은 해 뜨는 때에도 혹은 그가 다시 하늘에서 내려갈 때에도 태양의 광선들이 결코 꿰뚫지 못하는 안개와 어둠 속에 둘러싸여 삽니다. 그러나 그 불쌍한 자들은 하나의 길고 우울한 밤 속에서 살고 있습니다. 우리가 그곳에 도착했을 때, 우리는 배를 해변에 대고, 양들을 꺼내고, 키르케가 우리에게 말했던 그 장소에 도착할 때까지 오케아누스의 물길을 따라 나아갔습니다."

"여기 페리메데스와 에우뤼로쿠스가 희생물들을 붙잡고 있는 동안, 저는 검을 뽑아 해자를 한 큐빗씩 파냈습니다. 저는 모든 죽은 이들에게 제주를 바쳤는데, 먼저 꿀과 우유로, 그런 다음 포도주로, 그리고 세 번째로 물로, 그리고 그 전체 위에 흰 보리 가루를 뿌렸습니다. 저는 가난하고 무력한 유령들에게 진심으로 기도하고, 제가 이타카로 돌아갔을 때 제가 그들을 위해 암소 한 마리, 제가 가진 가장 좋은 것을 희생 제물로 바칠 것이고, 좋은 것들로 화덕을 실을 것이라고 그들에게 약속했습니다. 저는 또한 테이레시아스가 그 자신만을 위한 검은 양 한 마리, 저의 모든 가축 떼들 중에서 가장 좋은 것을 가질 것이라고 특히 약속했습니다. 제가 죽은 이들에게 충분히 기도했을 때, 저는 두 마리의 양들의 목구멍을 자르고 피가 해자 안으로 흐르도록 내버려두었습니다. 그 결과 유령들이 에레보스로부터 무리를 지어 올라왔습니다. 신부들, 젊은 총각들, 노고로 지친 늙은이들, 사랑에 좌절했던 처녀들 그리고 그들의 갑옷에 아직도 피로 얼룩진 채로 전투에서 죽임을 당했던 용감한 사람들. 그들은 모든 지역으로부터 왔고, 저를 두려움으로 창백하게 만들었던 어떤 이상한 종류의 비명 소리와 함께 해자 주위로 날아다녔습니다. 그들이 오는 것을 보았을 때, 저는 부하들에게 서둘러 두 마리의 죽은 양들의 시신들을 벗기고, 그것들을 번제물로 바치라고 말하고, 동시에 하데스와 프로세르피네에게 기도를 반복하라고 했습니다. 그러나 저는 검을 뽑은 채 제가 있던 곳에 앉아 있었고,

테이레시아스가 저의 질문에 대답하기 전까지는 가난하고 무력한 유령들이 그 피에 가까이 오는 것을 허용하지 않았습니다."

"가장 먼저 왔던 유령은 저의 동료 엘페노르의 유령이었습니다. 그는 아직 땅 아래에 놓여 있지 않았기 때문입니다. 우리는 키르케의 집에서 그의 몸을 깨어나지 않고 묻히지 않은 채로 남겨두었으니, 왜냐하면 우리가 할 다른 일이 너무나 많았기 때문입니다. 저는 그를 보았을 때 그를 매우 가엾게 여겼고 울었습니다.

'엘페노르,' 제가 말했습니다. '당신은 어떻게 여기 이 음울함과 어둠 속으로 왔습니까? 당신은 저보다 저의 배와 함께보다 걸어서 더 빨리 여기에 도착했군요.'

'경,' 그가 신음과 함께 대답했습니다. '그것은

모두 불운이었고, 저 자신의 말로 표현할 수 없는 만취였습니다. 저는 키르케의 집 꼭대기 위에 잠들어 있었고, 큰 계단으로 다시 내려올 것에 대해 전혀 생각하지 않고 바로 지붕에서 떨어져 저의 목이 부러졌습니다. 그래서 저의 영혼은 하데스의 집으로 내려갔습니다. 그리고 이제 저는 비록 그들이 여기에 없더라도 당신이 뒤에 남겨둔 모든 사람들, 당신의 아내, 당신이 어렸을 때 당신을 길렀던 당신의 아버지 그리고 당신의 집의 유일한 희망인 텔레마코스를 두고 당신에게 간청합니다. 제가 이제 당신에게 요청할 것을 행해주십시오. 저는 당신이 이 림보를 떠날 때 당신이 다시 아이아이아 섬으로 배를 향할 것이라는 것을 압니다. 저를 깨어나지 않고 묻히지 않은 채로 뒤에 남겨두고 거기서부터 가지 마십시오. 그렇지 않으면 제가 하늘의 분노를 당신에게 가져올 수도 있습니다. 그러나 제가 가진 어떤 갑옷으로든 저를 불태우고 해변에 저를 위해 무덤을 세워, 앞으로 오는 날들에 사람들이 제가 얼마나 불쌍하고 운 없는 친구였는지 알게 하십시오. 그리고 제가 아직 살아 있고 저의 동료들과 함께 있었을 때 제가 노를 젓곤 했던 노를 저의 무덤 위에 심으십시오.'

그리고 제가 말했습니다. '나의 불쌍한 친구여, 제가 당신이 저에게 요청한 모든 것을 하겠습니다.'

이렇게 우리는 앉아 서로와 슬픈 대화를 나누었습니다. 저는 한쪽 편에 피 위로 저의 검을 들고 앉아 있었고, 저의 동료의 유령은 다른 쪽 편에서 저에게 이 모든 것을 말하고 있었습니다. 그런 다음 저의 죽은 어머니, 아우톨뤼코스의 딸 안티클레이아의 유령이 왔습니다. 저는 제가 트로이로 출발했을 때 그녀를 살아 있는 채로 남겨두었었고, 그녀를 보았을 때 눈물들로 감동받았지만, 심지어 그렇게 저의 모든 슬픔에도 불구하고 제가 테이레시아스에게 질문을 하기 전까지는 그녀가 피에 가까이 오는 것을 허용하지 않았습니다."

"그런 다음 테바이인 테이레시아스의 유령도 왔습니다. 손에 황금 홀을 든 채로. 그는 저를 알았고 말했습니다. '오디세우스, 라에르테스의 고귀한 아들이여, 불쌍한 사람아, 너는 왜 낮의 빛을 떠나 이 슬픈 장소에서 죽은 이들을 방문하기 위해 내려왔는가? 해자에서 뒤로 물러나고 너의 검을 철회하라. 그래서 내가 피를 마시고 너의 질문들에 진실로 대답할 수 있도록.'

그래서 저는 뒤로 물러났고 저의 검을 칼집에

넣었습니다. 그 결과 그가 피를 마셨을 때, 그는 그의 예언으로 시작했습니다.

'당신은 알고 싶어 합니다,' 그가 말했습니다. '당신의 귀향에 대해. 그러나 하늘은 이것을 당신에게 어렵게 만들 것입니다. 저는 당신이 포세이돈의 눈을 피할 것이라고 생각하지 않습니다. 그는 아직 그의 아들을 눈멀게 한 것에 대해 당신에게 쓰라린 원한을 품고 있습니다. 그러나 많은 고통 후에 당신은 배가 트리나키아 섬에 도달할 때 당신과 동료들을 억제할 수 있다면 집에 갈 수도 있습니다. 거기서 당신은 모든 것을 보고 귀 기울이는 태양신에게 속한 양들과 소들을 발견할 것입니다. 만약 당신이 이 가축 떼들을 해치지 않고 집으로 가는 것만을 생각한다면, 당신은 아직 많은 고난 후에 이타카에 도달할 수도 있습니다. 그러나 만약 당신이 그들을 해친다면, 그러면 저는 당신의 배와 당신의 부하들 둘 다의 파괴를 미리 경고합니다. 당신 자신은 탈출할 수도 있지만, 당신은 모든 부하들을 잃은 후에 나쁜 곤경 속에 돌아올 것입니다. 다른 사람의 배를 타고 돌아올 것이고, 당신의 집에서 문제를 발견할 것입니다. 그곳은 당신의 재산을, 당신의 아내에게 구애하고 선물들을 바친다는 구실로 먹어치우고 있는 오만한 사람들로 넘쳐날 것입니다.'

'당신이 집에 도착했을 때, 당신은 이 구혼자들에게 복수를 할 것입니다. 그리고 당신이 자신의 집에서 힘으로든 계략으로든 그들을 죽인 후에, 잘 만들어진 노 하나를 가지고 그것을 계속해서 나르고 또 나르십시오. 사람들이 바다에 대해 들어본 적이 없고, 심지어 그들의 음식에 소금을 섞지도 않는, 혹은 그들이 배들과 배의 날개와 같은 노들에 대해 아무것도 알지 못하는 그런 나라에 당신이 올 때까지. 저는 당신이 주목하지 않을 수 없는 이 확실한 증표를 당신에게 줄 것입니다. 한 여행자가 당신을 만날 것이고 당신이 당신의 어깨 위에 가지고 있는 것은 곡식의 껍질을 벗기는 삽이 틀림없다고 말할 것입니다. 이것에 당신은 노를 땅에 고정시키고, 포세이돈에게 숫양, 황소 그리고 멧돼지를 희생 제물로 바쳐야 합니다. 그런 다음 집으로 돌아가 모든 하늘의 신들에게 한 명씩 한 명씩 헤카톰들을 바치십시오. 당신 자신에 대해서는, 죽음이 바다로부터 당신에게 올 것이고, 당신이 나이가 차고 마음의 평화가 가득할 때 당신의 삶은 매우 온순하게 쇠퇴할 것입니다. 그리고 당신의

백성들이 당신을 축복할 것입니다. 제가 말했던 모든 것은 현실이 될 것입니다.'

이것은 제가 대답했습니다. '하늘이 기뻐하는 대로 되어야 하지만, 저에게 말해주고 진실을 말해주십시오. 저는 저의 불쌍한 어머니의 유령이 우리 가까이에 있는 것을 봅니다. 그녀는 한 마디 말도 하지 않고 피 옆에 앉아 있고, 제가 그녀 자신의 아들임에도 불구하고 그녀는 저를 기억하거나 저에게 말하지 않습니다. 저에게 말해주십시오, 경, 제가 어떻게 그녀가 저를 알게 할 수 있습니까?'

'그것은,' 그가 말했습니다. '제가 곧 할 수 있습니다. 당신이 피를 맛보게 하는 어떤 유령이든 합리적인 존재처럼 당신과 이야기할 것입니다. 그러나 만약 당신이 그들에게 피를 조금이라도

가지게 하지 않는다면, 그들은 다시 가버릴 것입니다.'

이것에 테이레시아스의 유령은 하데스의 집으로 돌아갔습니다. 왜냐하면 그의 예언들이 이제 말해졌기 때문입니다. 그러나 저의 어머니가 올라와 피를 맛볼 때까지 제가 있던 곳에 조용히 앉아 있었습니다. 그런 다음 그녀는 저를 즉시 알았고, 저에게 애정 어린 목소리로 말했습니다.

'나의 아들아, 네가 아직 살아 있는 동안 어떻게 이 어둠의 거처로 내려왔느냐? 산 사람들이 이 장소들을 보는 것은 힘든 일이다. 왜냐하면 우리와 그들 사이에는 거대하고 무서운 물들이 있고, 그리고 어떤 사람도 걸어서 건널 수 없는 오케아누스가 있기 때문이란다. 그러나 그는 그를 데려갈 좋은 배를 가져야만 한다. 너는 이 모든 시간 동안 트로이에서 집으로 가는 길을 찾으려 하고 있는가? 그리고 너는 아직 아카이아인들의 땅에 돌아오지도 않았고, 너의 집에서 아내를 보지도 않았는가?'

'어머니,' 제가 말했습니다. '저는 테바이인 예언자 테이레시아스의 유령에게 조언을 구하기 위해 여기로 오도록 강요받았습니다. 저는 아직 아카이아인들의 땅에 가까이 가본 적도 없고, 저의 고향에 발을 디딘 적도 없습니다. 그리고 저는 트로이인들과 싸우기 위해 고귀한 말들이 있는 땅 일리우스로 아가멤논과 함께 출발했던 바로 그 첫날부터 한 가지 긴 불운의 연속 외에는 아무것도 가지지 못했습니다. 그러나 저에게 말해주십시오, 그리고 진실을 말해주십시오. 당신은 어떤 방식으로 죽었습니까? 당신은 오랜 병을

앓았습니까? 혹은 하늘이 당신에게 영원으로 가는 온순하고 쉬운 통로를 허락했습니까? 또한 저의 아버지, 그리고 제가 뒤에 남겨두었던 아들에 대해 저에게 말해주십시오. 저의 재산은 아직 그들의 손에 있습니까? 혹은 제가 그것을 주장하기 위해 돌아오지 않을 것이라고 생각하는 다른 어떤 사람이 그것을 차지했습니까? 저의 아내가 무엇을 하려 하고 있고, 어떤 마음속에 있는지 다시 저에게 말해주십시오. 그녀는 저의 아들과 함께 살고 저의 재산을 안전하게 지키고 있습니까? 혹은 그녀가 할 수 있는 한 가장 좋은 짝을 찾아 다시 결혼했습니까?' "

"저의 어머니가 대답했습니다. '네 아내는 아직 네 집에 남아 있단다. 그러나 그녀는 마음의 큰 고통 속에 있고 밤낮으로 그녀의 모든 시간을 눈물들 속에 보낸다. 아직 아무도 너의 훌륭한 재산을 차지하지 않았고, 텔레마코스는 아직 방해받지 않고 너의 땅들을 지키고 있다. 그는 널리 사람들을 환대해야 한다. 물론, 그가 판사로서의 그의 지위를 고려하면, 그리고 모든 사람이 그를 초대하는 방식을 고려하면 그렇게 해야 한다. 너의 아버지는 시골에 있는 그의 옛 장소에 남아 있고, 결코 도시 근처에 가지 않는다. 그는 어떤 편안한 침대나 침구도 없다. 겨울에 그는 남자들과 함께 벽난로 앞에 있는 바닥에서 자고, 모두 누더기 옷을 입고 돌아다닌다. 그러나 여름에는 따뜻한 날씨가 다시 올 때, 그는 그의 포도밭에, 땅 위에 그냥 던져진 포도 잎사귀들의 침대 위에 누워 있다. 그는 네가 결코 집에 돌아오지 않은 것에 대해 끊임없이 슬퍼하고, 그가 나이가 들수록 점점 더 많이 고통받고 있다. 저 자신의 끝에 관해서는, 그것은 이런 식이었다. 하늘이 저의 집에서 빠르게 그리고 고통 없이 데려가지 않았고, 사람들을 일반적으로 지치게 하고 그들을 죽이는 그런 어떤 병에 의해 저를 공격받지도 않았다. 그러나 너가 무엇을 하고 있는지 알고 싶어 하는 저의 갈망과 너에 대한 사랑의 힘—이것이 바로 저의 죽음이었다.' "

"그런 다음 저는 저의 불쌍한 어머니의 유령을 껴안을 어떤 방법을 찾으려 했습니다. 세 번이나 저는 그녀를 향해 뛰어 올라 저의 팔들로 그녀를 껴안으려 했지만, 매번 그녀는 마치 꿈이나 유령이었던 것처럼 저의 포옹에서 날아갔고, 마음속까지 상처 입은 저는 그녀에게 말했습니다.

'어머니, 제가 당신을 껴안으려 할 때 왜 당신은 조용히 머물러 있지 않습니까? 만약 우리가 서로를 팔들로 껴안을 수 있었다면, 우리는 하데스의 집에서조차도 우리의 슬픔들을 나누는 것에서 슬픈 위안을 찾을 수도 있었을 것입니다. 프로세르피네가 단지 유령으로 저를 조롱함으로써 저에게 아직 더 이상의 슬픔의 짐을 지우려 하는 것입니까?'

'나의 아들아,' 그녀가 대답했습니다. '사람들 가운데서도 가장 불운한 자여, 너를 속이고 있는 것은 프로세르피네가 아니다. 그러나 모든 사람들은 그들이 죽었을 때 이와 같다. 힘줄들은 더 이상 살과 뼈들을 함께 붙잡아두지 않는다. 이것들은 생명이 몸을 떠나자마자 소비하는 불길의 맹렬함 속에서 멸망하고, 영혼은 마치 그것이 꿈이었던 것처럼 날아간다. 그러나 이제 네가 할 수 있는 한 빨리 낮의 빛으로 돌아가 이

모든 것들을 마음에 새겨라. 그래서 네가 나중에 너의 아내에게 그것들을 말해줄 수 있도록 말이다.'

이렇게 우리는 대화했고, 곧 프로세르피네가 모든 가장 유명한 사람들의 아내들과 딸들의 유령들을 위로 보냈다. 그들은 피 주위로 군중들로 모였고, 저는 제가 그들 각자에게 질문할 방법을 어떻게든 궁리했습니다. 결국 저는 튼튼한 넓적다리 옆에 매달려 있던 날카로운 칼날을 뽑아, 그들 모두가 한꺼번에 피를 마시는 것을 막는 것이 가장 좋은 계획이라고 생각했습니다. 그래서 그들은 한 명씩 한 명씩 왔고, 각자 제가 그녀에게 질문했을 때 그녀의 종족과 혈통을 저에게 말해주었습니다."

"제가 처음 본 사람은 티로였습니다. 그녀는 살모네우스의 딸이었고, 아이올루스의 아들

크레테우스의 아내였습니다. 그녀는 세상 전체에서 가장 아름다운 강인 에니페우스를 사랑하게 되었습니다. 한번 그녀가 평소처럼 그의 옆에서 산책하고 있을 때, 그녀의 연인으로 변장한 포세이돈이 강 입구에서 그녀와 함께 누웠습니다. 그리고 거대한 푸른 파도가 여인과 신 둘 다를 숨기기 위해 그들 위로 산처럼 둥글게 솟아올랐고, 그 결과 그는 그녀의 처녀 허리띠를 풀고 그녀를 깊은 졸음 속에 눕혔습니다. 사랑의 행위를 마친 뒤, 그는 그녀의 손을 잡고 말했습니다.

'티로, 모든 좋은 뜻으로 기뻐하라. 신들의 포옹들은 헛되지 않고, 너는 이제부터 열 두달쯤 지나면 훌륭한 쌍둥이들을 가질 것이다. 그들을 잘 보살피라. 나는 포세이돈이다. 그러니 이제 집으로 가라. 그러나 아무에게도 말하지 마라.' "

“그런 다음 그는 바다 아래로 뛰어들었고, 그녀는 제때에 펠리아스와 넬레우스를 낳았는데, 둘 다 그들의 모든 힘으로 제우스를 섬겼습니다. 펠리아스는 훌륭한 양 떼들을 길렀고 이올쿠스에 살았지만, 다른 사람은 필로스에 살았습니다. 그녀의 나머지 아이들은 크레테우스에게서 나온 아이들이었는데, 아이손, 페레스 그리고 강력한 용사이자 마부인 아뮈타온이었습니다.”

“그리고 저는 튄다루스의 아내 레다를 보았는데, 그녀는 그에게 두 명의 유명한 아들들, 말들을 깨뜨리는 카스토르, 그리고 강력한 복싱 선수 폴룩스를 낳아주었습니다. 이 두 영웅들 모두 아직 살아 있지만, 땅 아래에 누워 있습니다. 왜냐하면 제우스의 특별한 섭리에 의해 그들은 죽고 다시 살아나는데, 모든 시간 동안 매일 한 명씩

번갈아가며, 그리고 그들은 신들의 지위를 가졌습니다."

"저는 또한 마에라와 클뤼메네와 증오스러운 에뤼퓔레를 보았는데, 그녀는 황금을 위해 그녀 자신의 남편을 팔았습니다. 그러나 제가 본 영웅들의 아내들과 딸들 한사람씩 이름을 말하자면 저에게 밤새도록 걸릴 것이고, 이제 제가 잠자리에 들 시간이 왔습니다. 저의 부하들과 함께 배에서든 여기서든 말입니다. 당신들의 호위에 관해서는 하늘과 당신들 스스로가 그것을 돌볼 것입니다."

여기서 그는 끝냈고, 손님들은 모두 덮인 회랑 전체에서 매료되어 말문이 막힌 채 앉아 있었다. 그런 다음 아레테가 그들에게 말했다.

"오 페아키아인들이여, 이 남자에 대해 어떻게 생각하십니까? 그는 키가 크고 잘생기지 않았습니까? 그리고 그는 영리하지 않습니까? 맞습니다. 그는 저의 손님이지만, 여러분 모두 그 구별을 나누어야 합니다. 그를 서둘러 보내지 말고, 그렇게 큰 궁핍함 속에 있는 사람에게 줄 선물에 인색하지 마십시오. 왜냐하면 하늘이 여러분 모두에게 큰 풍요를 축복했기 때문입니다."

"오디세우스" 알키노우스가 대답했다. "당신을 보는 우리 중 한 명도 당신이 돌팔이 의사나 사기꾼이라는 생각을 전혀 가지고 있지 않습니다. 저는 아주 그럴듯한 이야기들을 하는 많은 사람들이 돌아다닌다는 것을 알지만, 그대의 말투와 문체가 당신의 훌륭한 성품을 저에게 확신시켜줍니다. 더욱이 당신은 당신 자신의 불행들에 대한 이야기를, 그리고 아르고스인들의 그것들을 마치 당신이 숙련된 음유시인이었던 것처럼 이야기했습니다. 그러나 한 가지 더 진실을 말해주십시오. 당신과 같은 때에 트로이로 갔고 거기서 멸망했던 어떤 강력한 영웅들을 당신이 보았는지? 밤은 아직 길고, 아직 잠자리에 들 시간이 아닙니다. 그러니 계속하십시오, 당신의 신성한 이야기를. 왜냐하면 저는 당신의 모험들에 대해 우리에게 계속 말해주는 한 내일 아침까지 여기 앉아 들을 수 있기 때문입니다."

"알키노우스여," 오디세우스가 대답했다. "연설들을 위한 시간과 잠자리에 들기 위한 시간이 있습니다. 그럼에도 불구하고, 당신이 그렇게 원하시니, 저는 저의 동료들 중에서 트로이인들과 싸우다 쓰러지지 않고, 사악한 여인의 배신으로 돌아오는 길에 멸망했던 그들에 대한 아직 더 슬픈 이야기를 당신에게 들려드리는 것을 마다하지 않겠습니다."

"우리 두 사람이 앉아 이렇게 슬프게 서로 이야기하는 동안, 아킬레우스의 유령이 우리에게 다가왔습니다. 파트로클로스, 안틸로쿠스 그리고 펠레우스의 아들 다음으로 모든 다나오스인들 중에서 가장 훌륭하고 잘생긴 남자였던 아이아스와 함께 말입니다. 아이아코스의 빠른 자손은 저를 알아보고 애처롭게 말했습니다.

'오디세우스, 라에르테스의 고귀한 아들이여, 무슨 대담한 행동을 당신은 다음으로 할 것인가? 당신이 우리 어리석은 죽은 이들, 더 이상 노고할 수 없는 그들의 유령들 사이의 하데스의 집으로 내려오는 것을 감행하다니?'

그리고 제가 말했습니다. '아킬레우스, 펠레우스의 아들이여, 아카이아인들의 가장 앞선 옹호자여, 저는 테이레시아스에게 조언을 구하러 왔습니다. 그리고 그가 이타카로 저의 귀향에 대해 저에게 조언할 수 있는지 보기 위해서입니다. 왜냐하면 저는 아직 아카이아인들의 땅에 가까이 가본 적도 없고 저의 자신의 나라에 발을 디딘 적도 없으며, 내 삶은 줄곧 고난뿐이었습니다. 당신에 관해서는, 아킬레우스, 당신이 살았던 동안 당신만큼 복된 이는 아직 없었고 앞으로도 없을 것입니다. 왜냐하면 당신이 살아 있는 한 우리 모든 아르고스인들에게 당신은 숭배받았고, 이제 당신이 여기에 있으니 죽은 이들 사이에서 위대한 왕자입니다. 그러니 죽음을 그렇게 마음에 두지 마십시오.'

'죽음의 위안에 대해서는 한 마디도 하지 마십시오,' 그가 대답했습니다. '나는 차라리 가난한 사람의 집에서 품삯을 받는 하인으로 땅 위에 사는 것이, 이 죽은 이들 사이에서 왕들의 왕인 것보다 나을 것입니다. 웃기지도 않은 위안 아닌가? 그러나 저의 아들에 대한 소식을 저에게 주십시오. 그는 전쟁들에 갔고 위대한 병사가 되었는지? 혹은 그렇지 않습니까? 또한 저의 아버지 펠레우스에 대해 당신이 어떤 것을 들었는지 말해주십시오. 그는 아직 뮈르미돈인들 사이에서 통치하고 있습니까? 혹은 그가 늙고 그의 사지들이 쇠한 지금 그들은 헬라스와 프티아 전체를 통해 그에게 어떤 존중도 받지 못하고 있는지? 제가 만약 한순간이라도 트로이 평원 위에서 우리의 적들 중 가장 용감한 자를 죽였을 때 가졌던 그 힘과 함께 설 수만 있다면, 만약 제가 그때의 저처럼 있고 저의 아버지의 집으로 갈 수만 있다면, 그에게 폭력을 행사하거나 그 자리를 넘보던 자는 누구든 곧 그것을 후회했을 것입니다.'

'저는 펠레우스에 대해 아무것도 듣지 못했습니다,' 제가 대답했습니다. '그러나 저는 당신의 아들 네오프톨레무스에 대해 모든 것을 말할 수 있습니다. 왜냐하면 제가 그를 저의 배에 아카이아인들과 함께 스키로스에서 데려왔기 때문입니다. 트로이 앞에 있는 우리의 전쟁 회의들에서 그는 항상 먼저 말했고, 그의 판단은 틀림없었습니다. 네스토르와 저만이 그를 능가할 수 있었던 유일한 두 사람이었습니다. 그리고 트로이의 평원에서 싸우는 것에 관해서, 그는 그의 부하들의 몸과 함께 머물지 않고 멀리 앞에서 돌진하곤 했으니, 그들 모두 중에서 용맹함에서 가장 앞섰습니다. 그는 전투에서 많은 사람들을 죽였습니다. 저는 아르고스인들의 편에서 싸우는 동안 그가 죽였던 모든 사람의 이름을 말할 수는 없지만, 그가 텔레푸스의 아들 그 용맹한 영웅 에우뤼필루스를 어떻게 죽였는지 말할 것입니다. 그는 멤논을 제외하고 제가 본 가장 잘생긴 남자였습니다. 다른 많은 케테아인들도 한 여인의 뇌물 때문에 그의 주위에서 쓰러졌습니다. 더욱이 아르고스인들 중에서 가장 용감한 사람들이 에페우스가 만들었던 말 안에 들어갔을 때, 그리고 우리의 매복의 문을 우리가 열어야 할지 혹은 그것을 닫아야 할지 결정하는 것이 저에게 남겨졌을 때, 다나오스인들 중에서 다른 모든 지도자들과 주요한 사람들은 그들의 눈물을 훔치며 그들의 모든 사지들에서 떨고 있었지만, 저는 그가 창백하게 변하거나 그의 뺨에서 눈물 한 방울을 닦는 것을 단 한 번도 본 적이 없습니다. 그는 내내 저에게 그 말에서 뛰쳐나가라고 재촉하고 있었습니다. 그의 검의 손잡이와 그의 청동 덧댄 창을 움켜쥐고 적에게 맞서 분노를 숨쉬면서 말입니다. 그러나 우리가 프리아모스의 도시를 약탈했을 때, 그는 전리품의 그의 훌륭한 몫을 얻고 (그런 것이 전쟁의 운명이다) 상처 없이 배에 올랐습니다. 던져진 창으로부터도, 가까운 싸움에서도. 전쟁의 신의 분노는 매우 우연의 문제이기 때문입니다.'

제가 그에게 이것을 말했을 때, 아킬레우스의 유령은 아스포델로 가득 찬 초원을 가로질러 성큼성큼 걸어갔습니다. 저의 아들의 용맹함에 대해 제가 말했던 것에 의기양양해하며."

"저는 또한 땅 위로 아홉 에이커를 덮고 평원에 펼쳐져 있는 가이아의 아들 티튀우스를 보았습니다. 그의 양쪽에 있는 두 마리의 독수리들이 그의 간 속에 그들의 부리들을 파고 있었고, 그는 손으로 그들을 쫓아내려 계속 노력했지만, 할 수 없었습니다. 왜냐하면 그가 파노페우스를 통과하여 퓌토로 가는 길에 제우스의 여인 레토를 모독했기 때문입니다."

"그 다음으로 저는 강력한 헤라클레스를 보았지만, 그것은 그의 유령일 뿐이었습니다. 왜냐하면 그는 항상 불멸의 신들과 함께 잔치하고, 제우스와 헤라의 딸인 사랑스러운 헤베를 아내로 가졌기 때문입니다. 유령들은 그의 주위에서 겁에 질린 새들처럼 사방으로 날아다니며 비명을 지르고 있었습니다. 그는 그의 맨 활을 손에 들고 그의 화살을 시위에 얹은 채 밤처럼 검게 보였고, 항상 조준하려 하는 것처럼 주위를 노려보았습니다. 그의 가슴 주위에는 곰들, 야생 멧돼지들, 그리고 빛나는 눈들을 가진 사자들로 가장 놀라운 방식으로 장식된 놀라운 황금 허리띠가 있었습니다. 또한 전쟁, 전투 그리고 죽음이 새겨져 있었습니다. 그 벨트를 만든 사람은 그가 무엇을 하더라도 그것과 같은 다른 것을 만들 수 없었을 것입니다. 헤라클레스는 저를 보았을 때 저를 즉시 알았고 애처롭게 말했습니다.

'나의 불쌍한 오디세우스, 라에르테스의 고귀한 아들아, 너도 내가 땅 위에 있었을 때 했던 것과 같은 그런 슬픈 종류의 삶을 이끌고 있는가? 나는 제우스의 아들이었지만, 끝없는 고통을 겪었다.

왜냐하면 나는 나보다 훨씬 아래인 사람—나에게 온갖 종류의 노고들을 준 비천한 친구—의 노예가 되었기 때문이다. 그는 한 번 나를 지옥 개를 데려오기 위해 여기에 보냈다. 왜냐하면 그는 나에게 이것보다 더 힘든 어떤 것을 찾을 수 있을 것이라고 생각하지 않았기 때문이다. 그러나 나는 그를 하데스 밖으로 데려와 그에게 데려갔다. 왜냐하면 헤르메스와 아테나가 나를 도왔기 때문이다.'

이것에 헤라클레스는 하데스의 집 안으로 다시 내려갔습니다. 그러나 저는 죽은 이들 중 다른 어떤 강력한 사람이 저에게 올 경우를 대비하여 제가 있던 곳에 머물렀습니다. 그리고 저는 제가 간절히 보고 싶어 했던 신들의 영광스러운 아이들인 테세우스와 피리토오스를 보았을 것입니다.

그러나 너무나 많은 수천 명의 유령들이 저의 주위로 와서 그런 끔찍한 외침들을 내뱉었으므로, 저는 프로세르피네가 하데스의 집에서 그 끔찍한 괴물 고르곤의 머리를 위로 보낼까 봐 공황 상태에 빠졌습니다. 이것에 저는 서둘러 저의 배로 돌아갔고, 저의 부하들에게 즉시 배에 올라타고 밧줄들을 풀라고 명령했습니다. 그래서 그들은 승선하고 그들의 자리들을 잡았고, 그 결과 배는 오케아누스 강의 흐름을 따라 미끄러지듯 내려갔습니다."

12

세이렌, 스퀼라와 카리브디스 그리고 태양신의 소

"우리가 오케아누스 강을 벗어나 넓은 바다로 나아간 뒤, 여느 곳처럼 새벽과 해돋이가 있는 아이아이아 섬에 도착할 때까지 계속 항해했습니다. 배를 모래사장 위로 끌어 올리고, 해변으로 나가 밤이 밝을 때까지 잠을 잤습니다."

"그러자 장밋빛 손가락의 새벽이 나타났고, 나는

부하 몇 명을 키르케의 집으로 보내 엘페노르의 시신을 가져오도록 했습니다. 우리는 곶이 바다로 튀어나온 숲에서 장작을 베어냈고, 모두 함께 울고 애도하며 그의 장례 의식을 치렀습니다. 그의 몸과 갑옷이 재가 되었을 때, 우리는 돌무덤을 세우고 그 위에 돌 하나를 놓았으며, 무덤 꼭대기에 그가 노 젓는 데 쓰던 노를 고정했습니다."

"우리가 이 모든 일을 하는 동안, 키르케는 우리가 하데스의 집에서 돌아왔다는 것을 알고 옷을 챙겨 가능한 한 빨리 우리에게 왔습니다. 그녀의 시녀들도 빵, 고기, 포도주를 가지고 함께 왔습니다. 그녀는 우리 가운데 서서 말했습니다. '너희는 산 채로 하데스의 집까지 내려가는 대담한 행동을 했구나. 너희는 다른 사람들의 수명으로 두 번 죽었을 것입니다. 그러니 이제 이곳에서 남은 하루를 머물며 배를 가득 채우고, 내일 아침 동이 틀 때 항해를 계속하십시오. 그동안 나는 너희의 항로에 대해 오디세우스에게 말할 것이고, 너희가 육지나 바다에서 불행을 겪는 것을 막기 위해 모든 것을 설명할 것입니다.'

우리는 그녀가 말한 대로 하기로 동의했고, 해가 질 때까지 온종일 잔치를 했습니다. 해가 지고 어두워졌을 때, 부하들은 배의 선미 밧줄 옆에 잠자리에 들었습니다. 그때 키르케가 저의 손을 잡고, 다른 이들로부터 떨어져 앉으라고 명령했습니다. 그녀는 제 옆에 누워 저의 모험에 대해 모든 것을 물었습니다.

'지금까지는 아주 좋았습니다,' 제가 이야기를 마치자 그녀가 말했습니다. '이제부터 내가 당신에게 말하려는 것에 주의를 기울이십시오.

하늘 그 자체가 그것을 당신의 기억에 다시 떠올리게 할 것입니다. 먼저 당신은 세이렌들에게 갈 것입니다. 그들은 가까이 오는 모든 이들을 매혹시킵니다. 만약 어떤 사람이 부주의하게 너무 가까이 다가가 세이렌들의 노래를 듣는다면, 그의 아내와 아이들은 그를 다시는 집에 환영하지 않을 것입니다. 왜냐하면 그들은 푸른 들판에 앉아 그 노래의 달콤함으로 그를 죽을 때까지 지저귀기 때문입니다. 그 주위에는 죽은 사람들의 뼈가 산더미처럼 쌓여 있고, 그 위로 아직 살점이 썩고 있는 역겨운 광경이 펼쳐져 있습니다. 그러므로 이 세이렌들을 지나가야 합니다. 당신의 부하들 귀를 밀랍으로 막아 그들 중 아무도 듣지 못하게 하십시오. 그러나 당신이 원한다면, 당신 자신은 들을 수 있습니다. 부하들에게 당신을 돛대

중간쯤에 있는 가로 나무 위에 똑바로 서 있게 묶도록 할 수 있습니다. 그리고 그들은 당신이 듣는 즐거움을 가질 수 있도록 밧줄 끝을 돛대 자체에 단단히 묶어야 합니다. 만약 당신이 부하들에게 당신을 풀어달라고 간청하고 기도한다면, 그때 그들은 당신을 더 단단히 묶어야 합니다.'

'당신의 선원들이 당신을 이 세이렌들을 지나치게 했을 때, 당신이 취해야 할 두 항로 중 어느 것에 대해 당신에게 일관된 지시를 줄 수는 없습니다. 나는 당신 앞에 두 가지 대안을 놓을 것이고, 당신은 그것들을 스스로 고려해야 합니다. 한편으로는 암피트리테의 깊고 푸른 파도들이 끔찍한 분노로 부딪히는 몇몇 튀어나온 바위들이 있습니다. 축복받은 신들은 이 바위들을 방랑하는 바위들이라고 부릅니다. 이제껏 항해하여 통과했던 유일한 배는 아이에테스의 집에서 돌아오는 길에 있던 유명한 아르고호였습니다. 그 배조차도 이 거대한 바위에 맞서 부서질 뻔했지만, 헤라가 이아손에게 품었던 사랑 때문에 그녀가 이들을 지나가도록 조종했습니다.'

'이 두 바위들 중에서 하나는 하늘에 닿아, 그 봉우리는 어두운 구름 속에 잃어졌습니다. 이 구름은 그곳을 결코 떠나지 않으므로, 심지어 여름이나 이른 가을에도 꼭대기는 결코 맑지 않습니다. 스무 개의 손과 스무 개의 발을 가졌더라도 어떤 사람도 그 위로 발을 디딜 곳을 얻고 그것을 오를 수 없을 것입니다. 왜냐하면 그것은 마치 광택이 난 것처럼 매끄럽게 곧장 위로 솟아 있기 때문입니다. 그 한가운데에는 서쪽을 바라보고 에레보스를 향한 큰 동굴 하나가 있습니다. 당신은 배를 이 길로 이끌어야 합니다. 그러나 그 동굴은 너무나 높이 있어서, 심지어 가장 튼튼한 궁수도 그 안으로 화살을 보낼 수 없을 것입니다. 그 안에는 스퀼라가 앉아 어린 사냥개였던 것처럼 당신이 생각할 수도 있는 목소리로 으르렁거립니다. 그러나 사실 그녀는 무서운 괴물이며, 아무도, 심지어 신도 공포에 질리지 않고는 그녀에게 맞설 수 없습니다. 그녀는 열두 개의 기형적인 발들과 가장 엄청난 길이의 목 여섯 개를 가졌습니다. 그리고 각 목 끝에는 그녀는 세 줄의 이빨들을 가진 무시무시한 머리를 가지고 있습니다. 모두 아주 가깝게 붙어 있어 어떤 사람이든 한순간에 죽을 때까지 으깨버릴 것이며, 그녀는 그늘진 동굴 깊숙이 앉아 머리들을 내밀고 바위 주위로 모두 엿보면서 그녀가 잡을 수 있는 어떤 돌고래나 상어 혹은 암피트리테가 가득 차 있는 그 수천 마리들 중에서 어떤 더 큰 괴물을 낚아챕니다. 아직 어떤 배도 그녀에게서 단 한 사람의 희생 없이 지나간 적이 없으니, 그녀가 모든 머리를 한 번에 밖으로 쏘아내고 각 입으로 사람 한 명씩을 낚아채가기 때문입니다.'

'당신은 다른 바위가 더 낮게 놓여 있는 것을 발견할 것입니다. 그러나 그들은 너무나 가까이 붙어 있어서, 그들 사이에는 활 한 번 쏘는 거리보다 더 멀지 않습니다. 그것 위에는 무성한 잎들을 가진 큰 무화과나무 하나가 자라고 있고, 그 아래에는 카리브디스의 빨아들이는 소용돌이가 놓여 있습니다. 하루에 세 번 그녀는 그녀의 물들을 토해내고, 세 번 그것들을 다시 빨아들입니다. 그녀가 빨아들이고 있을 때 당신이 거기에 있지 않도록 하십시오. 만약 당신이 있다면, 포세이돈 자신도 당신을 구할 수 없을 것입니다. 당신은 스퀼라 쪽을 꽉 붙잡고, 당신의 배를 할 수 있는 한 가장 빠르게 지나가게 해야 합니다. 당신의 전체 선원들을 잃는 것보다 여섯 명의 사람들을 잃는 것이 더 낫기 때문입니다.'

'어떤 방법도 없습니까?' 제가 말했습니다. '카리브디스를 탈출하고 동시에, 그녀가 저의 부하들에게 해를 입히려 할 때 스퀼라를 막을 수 있을까요?'

'이 무모한 자여!' 여신이 대답했습니다. '너는 항상 어떤 사람이나 어떤 것과 싸우고 싶어 하는구나. 너는 심지어 불멸의 존재들에게도 스스로 패배하게 하려 하지 않는구나. 왜냐하면 스퀼라는 필멸의 존재가 아니기 때문입니다.

더욱이 그녀는 야만적이고, 극심하고, 무례하고, 잔인하며, 정복할 수 없습니다. 그것을 위한 도움은 없습니다. 당신의 가장 좋은 기회는 당신이 갑옷을 입는 동안 그녀의 바위 주위를 꾸물거린다면, 그녀가 여섯 개의 머리들로 두 번째 공격으로 당신을 잡고 부하들 중 다른 여섯 명을 낚아챌 수도 있으므로, 당신이 할 수 있는 한 가장 빠르게 그녀를 지나가는 것입니다. 그러니 배를 그녀를 지나 완전히 속도를 내어 몰아붙이십시오. 그리고 스퀼라의 어머니인 크라타이이스에게 힘껏 소리치십시오. 그녀에게는 불운이 있기를. 그러면 그녀는 당신 위로 두 번째 급습을 하는 것을 멈출 것입니다.'

'당신은 이제 트리나키아 섬에 올 것이고, 여기 당신은 태양신에게 속한 많은 소 떼들과 양 떼들을 볼 것입니다. 일곱 무리의 소들 그리고 일곱 무리의 양 떼들이 있습니다. 각 무리에는 쉰 마리가 있습니다. 그들은 번식하지 않고, 수도 더 적어지지 않습니다. 그리고 그들은 태양신 히페리온과 네아이라의 아이들인 여신들 파에투사와 람페티에에 의해 돌보아집니다. 그들의 어머니는 그들을 낳고 젖을 떼게 한 후에 그들을 아주 멀리 떨어진 트리나키아 섬으로 보내 그곳에서 살면서 그들의 아버지의 양 떼들과 소 떼들을 돌보게 했습니다. 만약 당신이 이 가축 떼들을 해치지 않고, 집에 가는 것만을 생각한다면, 당신은 아직 많은 고난 후에 이타카에 도달할 수도 있습니다. 그러나 만약 당신이 그들을 해친다면, 나는 당신의 배와 동료들 둘 다의 파괴를 미리 경고합니다. 비록 당신 자신이 탈출할 수도 있지만, 당신은 모든

부하들을 잃은 후에 늦게 나쁜 곤경 속에 돌아올 것입니다.'

여기서 그녀는 말을 마쳤고, 황금 왕좌에 오른 새벽이 하늘에 나타나기 시작했습니다. 그 결과 그녀는 내륙으로 돌아갔습니다. 그런 다음 저는 배에 올라타서 부하들에게 배를 밧줄에서 풀라고 말했습니다. 그래서 그들은 즉시 배 안으로 들어가 자리들을 잡고 노들로 회색 바다를 치기 시작했습니다. 위대하고 교활한 여신 키르케가 우리에게 순풍으로 친절을 베풀었습니다. 그것은 곧장 뒤에서 불고 우리와 꾸준히 머물렀고, 우리의 돛들을 모두 잘 채워주었습니다. 그래서 우리는 배의 장비에 하고 싶었던 어떤 일이든 하고, 바람과 조타수가 그녀를 향하게 하는 대로 배가 가게 내버려두었습니다.

그런 다음 마음속으로 많이 괴로워하며, 저는 저의 부하들에게 말했습니다.

'친구들이여, 우리들 중 한두 명만이 키르케가 저에게 했던 예언들을 아는 것은 옳지 않습니다. 그러므로 저는 당신들에게 그것들에 대해 말할 것입니다. 그래서 우리가 살든 죽든 우리는 눈들이 열린 채로 그렇게 할 수 있도록 말입니다. 먼저 그녀는 우리가 세이렌들을 피해야 한다고

말했습니다. 그들은 꽃들의 들판에 앉아 가장 아름답게 노래합니다. 그러나 그녀는 다른 사람은 아무도 듣지 않고, 저만이 그것들을 들을 수 있다고 말했습니다. 그러므로 저를 잡고 돛대 중간쯤에 있는 가로 나무 위에 저를 묶으십시오. 제가 똑바로 서 있는 동안 저를 단단히 묶어 제가 도저히 벗어날 수 없도록 하십시오. 그리고 당신들은 밧줄 끝을

돛대 자체에 단단히 묶어야 합니다. 만약 제가 당신들에게 저를 풀어달라고 간청하고 기도한다면, 그때 당신들은 저를 더 단단히 묶어야 합니다.'

저는 부하들에게 모든 것을 말하는 것을 겨우 끝냈는데, 우리는 두 명의 세이렌들의 섬에 도착했습니다. 바람이 매우 호의적이었기 때문입니다. 그런 다음 갑자기 그것은 완전히 고요해졌습니다. 바람의 숨결도, 물결의 잔물결도 없었습니다. 바다는 매끄러운 푸른 거울처럼 잠잠해졌고, 우리를 둘러싼 정적은 섬뜩했습니다. 그래서 부하들은 돛들을 접고 그것들을 쌓았습니다. 그런 다음 그들은 노 젓는 것에서 일으킨 거품으로 물을 하얗게 만들었습니다. 그동안 저는 밀랍으로 된 큰 덩어리 하나를 들고 그것을 검으로 작게 잘라냈습니다. 그런 다음 저는 그것이 부드러워질 때까지 손으로 강하게 밀랍을 반죽했습니다. 그것은 반죽과 히페리온의 아들 태양신의 광선들 사이에서 곧 그렇게 되었습니다. 그런 다음 저는 모든 부하들의 귀들을 막았고, 그들은 제가 가로 나무 위에 똑바로 서 있는 동안 저의 손과 발을 돛대에 묶었습니다. 그러나 그들은 스스로 노를 젓는 것을 계속했습니다. 우리가 육지로부터 들을 수 있는 곳에 이르렀을 때, 그리고 배가 좋은 속도로 가고 있었을 때, 세이렌들은 우리가 해변으로 들어오고 있는 것을 보았고, 그들의 노래로 시작했습니다.

'이리로 오시오,' 그들이 노래했습니다. '유명한 오디세우스여, 아카이아인 이름의 영예여, 그리고 우리의 두 목소리에 귀 기울이십시오. 아무도 우리의 노래의 매혹적인 달콤함을 듣기 위해 머무르지 않고 우리를 지나간 적이 없네. 그리고 듣는 자는 매혹될 뿐만 아니라 더 현명하게 그의 길을 갈 것입니다. 왜냐하면 우리는 트로이 앞에 아르고스인들과 트로이인들에게 신들이 내린 모든 악들을 알고, 온 세상 전체에서 무슨 일이 일어나려는지 모든 것을 당신에게 말해줄 수 있으니까요.'

그들은 이 말들을 가장 음악적으로 노래했고, 제가 그들을 더 듣고 싶어 갈망했으므로, 저는 부하들에게 저를 자유롭게 해달라고 찡그림으로 신호를 보냈습니다. 노래는 너무나 감미로워, 온몸의 뼈가 녹아내리는 듯한 황홀경에 빠졌습니다. 그러나 그들은 노 젓는 속도를 높였고, 에우뤼로쿠스와 페리메데스는 우리가 세이렌들의 목소리들의 듣는 곳에서 벗어날 때까지 저를 더 강한 끈들로 묶었습니다. 그 뒤에야 그들은 귀에서 밀랍을 제거하고 저를 풀어주었습니다.

우리가 그 섬을 지나자마자, 저는 물보라가 솟아오르고 있는 거대한 파도 하나를 보았고, 시끄러운 포효하는 소리를 들었습니다. 부하들은 너무나 두려워 노를 놓았습니다. 온 바다가 물결의 돌진으로 반향했기 때문입니다. 그러나 부하들이 노 젓기를 멈췄기 때문에 배는 그것이 있던 곳에 머물렀습니다. 저는 돌아다니며 그들 각자에게 용기를 잃지 말라고 타일렀습니다.

'나의 친구들이여,' 제가 말했습니다. '이것이 우리가 처음 겪는 위험은 아니고, 우리는 키클롭스가 그의 동굴에서 우리를 가두었을 때만큼 그렇게 나쁜 상황에 있는 것이 전혀 아닙니다. 그럼에도 불구하고 저의 용기와 현명한 조언이 그때 우리를 구원했고, 우리는 이것 모두를 잘 되돌아보는 데 살아남을 것입니다. 그러니 이제 우리 모두 제가 말하는 대로 합시다. 제우스를 믿고 온 힘을 다해 노를 저으십시오. 키잡이여, 이것이 그대의 명령들입니다. 그것들에 주의를 기울이십시오. 배는 당신의 손에 있으니까요. 그녀의 머리를 끓어오르는 급류들로부터 돌리고 바위를 바짝 끼고 나아가십시오. 그렇지 않으면 배가 당신에게서 몰래 빠져나가 당신이 어디에 있는지 알기도 전에 저기 저편으로 갈 것이고, 당신은 우리를 죽게 할 것입니다.'

그래서 그들은 제가 그들에게 말한 대로 했습니다. 그러나 저는 그 끔찍한 괴물 스퀼라에 대해 아무 말도 하지 않았습니다. 만약 제가 그렇게 한다면, 부하들이 노 젓는 것을 계속하지 않을 것이고, 배의 창고에 함께 몰려들 것이라는 것을 제가 알았기 때문입니다. 오직 한 가지에서만 저는 키르케의 엄격한 지시를 어겼습니다—저는 저의 갑옷을 입었습니다. 그런 다음 두 개의 강한 창들을 움켜쥐고, 배의 뱃머리에 자리를 잡았습니다. 그곳에서 제가 부하들에게 그렇게 많은 해악을 가할 바위의 괴물을 처음 볼 것이라고 제가 예상했기 때문입니다. 그러나 비록 제가 음산한 바위 전체를 계속해서 응시하느라 눈을 혹사시켰을지라도, 저는 그녀를 어디에서도 알아볼 수 없었습니다.

그런 다음 우리는 큰 두려움 속에 해협에 들어갔습니다. 한편으로는 스퀼라가 있었고, 다른 한편으로는 무시무시한 카리브디스가 계속해서 짠 바닷물을 빨아들이고 있었기 때문입니다. 그녀가 그것을 토해냈을 때, 그것은 큰 불 위에서 끓고 있을 때 가마솥 안의 물과 같았고, 물보라가 양쪽의 바위들 꼭대기에 닿았습니다. 그녀가 다시 빨아들이기 시작했을 때, 우리는 물이 안쪽에서 온통 빙글빙글 돌고 있는 것을 볼 수 있었고, 그것이 바위들에 부서질 때 귀청이 터질 듯한 소리를 냈습니다. 우리는 소용돌이 바닥이 모래와 진흙으로 온통 검게 된 것을 볼 수 있었고, 부하들은 두려움 때문에 그들의 정신의 끝에 있었습니다. 그 굉음은 마치 세상이 끝나는 듯했으며, 우리는 꼼짝없이 운명에 맡겨진 채 공포에 질려 노를 저었습니다. 우리가 이것에 사로잡혀 있었고, 각 순간이 우리의 마지막이 될 것이라고 예상하고 있는 동안, 스퀼라가 갑자기 우리에게로 급습하여 저의 가장 좋은 부하들 여섯 명을 낚아챘습니다. 저는 배와 부하들 둘 다를 동시에 보고 있었고, 한순간에 저는 그들의 손들과 발들이 저 위로 한참 높이 공기 속에서 몸부림치고 있는 것을 보았습니다. 스퀼라가 그들을 낚아채고 있었기 때문입니다. 그리고 저는 그들이 치명적인 고통 속에서 저의 이름을 부르는 것을 들었습니다. 마치 낚시꾼이 미끼를 던져 불쌍한 물고기들을 찌르고 헐떡이며 육지로 던지듯, 그렇게 스퀼라는 이 헐떡이는 피조물들을 그녀의 바위 위에 내려놓고 그녀의 굴 입구에서 그들을 씹어 먹었습니다. 한편, 그들은 비명을 지르고 치명적인 고뇌 속에서 저에게 손을 뻗었습니다. 이것이 제가 저의 모든 항해들 동안 보았던 가장 참혹한 광경이었습니다.

우리가 방랑하는 바위들, 스퀼라와 끔찍한 카리브디스와 함께 지나갔을 때, 우리는 태양신의 고귀한 섬에 도착했습니다. 그곳에는 태양 히페리온에게 속한 좋은 소들과 양들이 있었습니다. 아직 배에 타고 바다에 있는 동안, 저는 소들이 마당들로 집에 돌아올 때 울부짖는 소리와 양들이 울부짖는 소리를 들을 수 있었습니다. 그런 다음 저는 맹인 테바이인 예언자 테이레시아스가 저에게 말했던 것과 아이아이아인 키르케가 축복받은 태양신의 섬을 피하라고 저에게 얼마나 조심스럽게 경고했는지 기억했습니다. 그녀가 말하길 우리의 가장 최악의 위험이 여기에 있을 것이기 때문입니다. 그래서 저는 많이 괴로워하며 부하들에게 말했습니다.

'나의 부하들이여, 저는 당신들이 심하게

압박받고 있다는 것을 알지만, 제가 테이레시아스가 저에게 했던 예언과 아이아이아인 키르케가 축복받은 태양신의 섬을 피하라고 저에게 얼마나 조심스럽게 경고했는지 이야기하는 동안 들으십시오. 그녀가 말하길 우리의 가장 최악의 위험이 여기에 있을 것입니다. 그러므로 배를 섬에서 멀리 향하게 하십시오!'

부하들은 이것에 절망했고, 에우뤼로쿠스가 즉시 저에게 오만한 대답을 했습니다.

'오디세우스,' 그가 말했습니다. '당신은 잔인합니다. 당신은 아주 강하고 결코 지치지 않습니다. 당신은 철로 만들어진 것처럼 보입니다. 그리고 이제 당신의 부하들은 노고와 잠의 부족으로 지쳤지만, 당신은 그들이 이 섬 위에 상륙하여 좋은 저녁 식사를 스스로 요리하는 것을 허용하지 않고, 그들에게 바다로 나가 날아가는 밤의 보초들을 통해 헛되이 항해하라고 명령합니다. 바람이 가장 강하게 불고 그렇게 많은 피해를 주는 것은 밤입니다. 우리의 영주들인 신들이 불길할 때 그렇게 자주 배를 난파시키는 서남풍이나 서풍으로부터 갑작스러운 돌풍들 중 하나가 솟아난다면, 우리가 어떻게 탈출할 수 있겠습니까? 그러니 이제 밤의 명령들에 복종하고 배 바로 옆에서 우리의 저녁 식사를 준비합시다. 내일 아침 우리는 다시 배에 올라타고 바다로 나아갈 것입니다.'

이렇게 에우뤼로쿠스가 말했고, 부하들은 그의 말에 동의했습니다. 저는 하늘이 우리에게 해악을 의도했다는 것을 보았고 말했습니다.

'당신들은 저를 굴복하도록 강요합니다.

여러분은 수로써 나를 굴복시키는군요. 그러나 어쨌든 당신들 각자는 만약 그가 소 떼나 큰 양 떼를 만난다면, 그들 중 어떤 한 마리도 해치지 않겠다고 엄숙한 맹세를 해야 합니다. 그러나 키르케가 우리에게 준 음식에 만족할 것입니다.'

그들 모두는 제가 그들에게 명령한 대로 맹세했고, 그들이 맹세를 마쳤을 때, 우리는 신선한 물의 흐름 근처에 있던 항구에 배를 단단히 묶었고, 부하들은 육지로 올라가 그들의 저녁을 준비했습니다. 그들이 충분히 먹고 마시자마자, 그들은 스퀼라가 낚아채서 먹었던 그들의 불쌍한 동료들에 대해 이야기하기 시작했습니다. 이것이 그들을 울게 했고, 그들은 깊은 잠 속으로 떨어질 때까지 계속 울었습니다.

그동안 에우뤼로쿠스는 부하들에게 악한 조언을

주고 있었습니다.

'불쌍한 동료들아, 내 말을 들으시오,' 그가 말했습니다. '모든 죽음들은 충분히 괴롭지만, 굶주림만큼 그렇게 참혹한 것은 없습니다. 왜 우리가 이 소들 중 가장 좋은 것들을 몰아들여 불멸의 신들에게 희생 제물로 바치지 않아야 합니까? 만약 우리가 이타카로 다시 돌아간다면, 우리는 태양신에게 훌륭한 신전을 짓고 모든 종류의 장식물들로 그것을 풍요롭게 할 수 있습니다. 그러나 만약 그가 이 뿔 달린 소들에 대한 복수로 우리의 배를 가라앉히기로 결심했고, 다른 신들이 같은 마음이라면, 저는 이런 황량한 섬에서 천천히 굶어 죽는 것보다 차라리 한 번에 짠물을 마시고 그것을 끝내는 것을 더 선호합니다. 복세편살(복잡한 세상 편하게 살자)입니다.'

이렇게 에우뤼로쿠스가 말했고, 부하들은 그의 말에 동의했습니다. 이제 소들, 그렇게 탐스러운 소들은 배에서 멀지 않은 곳에서 풀을 뜯고 있었습니다. 그러므로 부하들은 그들 중 가장 좋은 것들을 몰아들였고, 그들은 모두 각자의 기도를 말하며 그 주위에 섰습니다. 보리 가루 대신 어린 떡갈나무 싹들을 사용하면서. (남은 보리가 없었기 때문입니다.) 그들이 기도하는 것을 마쳤을 때, 그들은 소들을 잡아 그들의 시신들을 준비했습니다. 그들은 넓적다리 뼈들을 잘라내고 그것들을 두 겹의 지방으로 싸고, 그 위에 날고기 조각들을 몇 개 놓았습니다. 그들은 그것이 요리되는 동안 희생 제물 위로 제주들을 바칠 포도주가 없었으므로, 내장 고기들이 구워지는 동안 때때로 약간의 물을 계속 부었습니다. 그런 다음 넓적다리 뼈들이 불에 타고 그들이 내장 고기들을 맛보았을 때, 그들은 나머지 것들을 잘게 잘라 꼬챙이들 위에 조각들을 놓았습니다. 이 모든 것은 그들이 스스로 불러들인 화였습니다.

이때쯤 저의 깊은 잠은 저를 떠났고, 저는 배와 해변으로 돌아갔습니다. 제가 가까이 다가왔을 때, 저는 뜨거운 구운 고기 냄새를 맡기 시작했고, 그래서 저는 불멸의 신들에게 기도 하나를 신음하며 내뱉었습니다.

'아버지 제우스여,' 제가 외쳤습니다. '그리고 영원한 축복 속에 사는 당신들 다른 모든 신들이여! 당신들은 저를 당신들이 저를 보내셨던 그 잠으로 잔인한 해악을 저에게 행했습니다. 저의 부재 속에서 저의 이 사람들이 얼마나 훌륭한 일을 하고 있는지 보십시오!'

엿새 동안 저의 부하들은 가장 좋은 소들을 계속 몰아들여 그것들을 먹고 잔치했습니다.
사투르누스의 아들 제우스가 일곱 번째 날을 추가했을 때, 돌풍의 분노는 가라앉았습니다. 따라서 우리는 배에 올라타고 돛대들을 올리고, 돛을 펼치고 바다로 나아갔습니다. 우리가 섬에서 잘 멀리 떨어져 있고, 하늘과 바다 외에는 아무것도 볼 수 없게 되자마자, 사투르누스의 아들이 우리의 배 위로 검은 구름 하나를 일으켰고, 그 아래에서 바다는 어두워졌습니다. 우리는 그리 멀리 나아가지 못했습니다. 또 다른 순간에 우리는 서쪽에서 오는 끔찍한 돌풍에 잡혔기 때문입니다. 그것은 돛대의 앞 버팀줄들을 끊어버렸고, 그래서 그것이 뒤로 쓰러졌고, 모든 배의 장비들이 배의 바닥에 넘어졌습니다. 돛대는 배의 선미에 있는 키잡이의 머리 위에 쓰러져 그의 머리의 뼈들이 산산조각 났고, 그의 안에 남겨진 생명이 없는 채로 마치 그가 뛰어드는 것처럼 배 밖으로 떨어져 나갔습니다.

그런 다음 제우스가 그의 천둥 벼락들로 날려 보냈고, 번개가 그것을 쳤을 때, 배는 빙글빙글 돌았고, 불과 유황으로 가득 찼습니다. 부하들은 모두 바다 속으로 떨어졌습니다. 그들은 배 주위의 물속으로 날라졌습니다. 마치 수많은 바다 갈매기들처럼 보였지만, 신은 현재 그들에게 다시 집에 돌아갈 모든 기회를 빼앗았습니다.

저는 바다가 그녀의 옆면들을 그녀의 용골로부터 떨어뜨릴 때까지 배에 달라붙어 있었고, 돛대를 용골의 방향으로 쳐내었습니다. 그러나 아직 그것 주위에 매달려 있는 튼튼한 황소 가죽의 뒷버팀줄이 있었고, 이것으로 저는 돛대와 용골을 함께 묶고, 그들 위로 올라타 바람들이 저를 데려가고 싶어 하는 곳마다 날라졌습니다.

서풍으로부터의 돌풍은 이제 그것의 힘을 썼고, 바람은 다시 남쪽으로 들어갔습니다. 그것은 제가 끔찍한 카리브디스의 소용돌이로 다시 끌려갈까 봐 저를 두렵게 했습니다. 이것은 실제로 일어난 일이었습니다. 저는 밤새도록 파도들에 의해 날라졌고, 해 뜰 무렵에는 스퀼라와 그 소용돌이의 바위에 도착했기 때문입니다. 그녀는 그때 짠 바닷물을 빨아들이고 있었습니다. 그러나 저는 무화과나무를 향해 위로 날라졌고, 그것을 잡고 박쥐처럼 그것에 매달렸습니다. 저는 뿌리들이 멀리 떨어져 있었고, 전체 웅덩이를 그늘지게 하는 가지들이 제가 그들을 닿기에는 너무 높고, 너무

광대하고, 너무 멀리 떨어져 있었으므로, 어떤 곳에도 저의 발들을 심어 안전하게 서 있을 수 없었습니다. 그래서 저는 웅덩이가 저의 돛대와 뗏목을 다시 내보내기를 기다리며 참을성 있게 매달려 있었습니다. 그리고 그것은 매우 긴 시간처럼 보였습니다. 마치 한 배심원이 법정에서 귀찮은 사건들로 오랫동안 지연된 후에 저녁 식사를 위해 집으로 돌아오는 것을 기뻐하지 않았겠습니까? 제가 저의 뗏목이 다시 소용돌이에서 그 길을 가기 시작하는 것을 보았을 때만큼 말입니다. 마침내 저는 저의 손과 발을 놓았고, 바다 속으로 무겁게 떨어졌습니다. 저의 뗏목 바로 옆으로. 그 위에 저는 올라탔고, 저의 손들로 노를 젓기 시작했습니다. 스퀼라에 대해서는, 신들과 인간들의 아버지는 그녀가 저를 더 이상 보지 못하게 허용하지 않았습니다. 그렇지 않았더라면 저는 확실히 길을 잃었을 것입니다.

여기서부터 저는 아홉 날 동안 떠밀렸습니다. 마침내 열 번째 밤에 신들이 저를 오기기아 섬에 데려다 놓았습니다. 그곳에는 위대하고 강력한 여신 칼립소가 살고 있습니다. 그녀는 저를 받아들였고 저에게 친절했습니다. 그러나 저는 이것에 대해 더 이상 말할 필요가 없습니다. 제가 어제 당신과 당신의 고귀한 아내에게 그 모든 것에 대해 말했기 때문입니다. 그리고 저는 같은 것을 계속해서 말하는 것을 싫어합니다."

〈III권〉에 계속

004 · 2/4

fly over an apartment with silver wings

오디세이아 II

2026년 1월 19일 초판 발행

저 자 호메로스
편역자 제미나이 · S
발행인 송광헌
기획자 송재준
펴낸곳 **복두(더)**
출판등록 | 1993년 11월 22일 제10-902호
주소 | 서울 영등포구 경인로82길 3-4 807호
전화번호 | 02-2164-2580 팩스 | 02-2164-2584
이메일 | info@@bogdoo.co.kr
홈페이지 | www.bogdoo.co.kr

ISBN 979-11-6675-684-9 (04890)
ISBN 979-11-6675-666-5 (04890) (세트)

값 6,000원